Erzählungen von Hermann Hesse in Einfacher Sprache

Spaß am Lesen Verlag
www.spassamlesenverlag.de

Text Originalfassung: Hermann Hesse
Text in Einfacher Sprache: Clemens Wojaczek
Beratung bei der Auswahl der Geschichten: Volker Michels
Redaktion und Gestaltung: Spaß am Lesen Verlag
Druck: Melita Press, Malta

ISBN 978-3-944668-85-7

Erzählungen von Hermann Hesse

in Einfacher Sprache

Schwierige Wörter oder Ausdrücke sind unterstrichen. Die Erklärungen stehen in der Wörter-Liste am Ende des Buches.

Inhalt

Aus Kinderzeiten

Der Wald schimmert seit wenigen Tagen leicht grün.
Das sieht heiter aus.
Der Frühling kommt.
Am Bach fand ich heute die erste Blume.
Am klaren Himmel sind sanfte April-Wolken.
Die Äcker sind noch nicht gepflügt.
Sie glänzen braun und warten auf die neuen Halme.
Alles wartet, alles bereitet sich vor.
Es ist wie ein Fieber: Alles will wachsen.

Jedes Jahr versuche ich zu verstehen,
wie das Leben aus der Erde springt.
Ich warte ungeduldig auf das Erwachen
der Natur im Frühling.
Ich liebe dieses Wunder, ich bete es an.
Aber ich verstehe es nicht.
Plötzlich ist es da.
Man sieht es nicht kommen.
Blumen stehen plötzlich überall.
An den Bäumen glänzt das frische Laub.
Vögel flattern durch den warmen, blauen Himmel.
Jetzt muss man Stiefel und Angelrute holen
und das junge Jahr genießen.

Als ich noch ein Knabe war,
war ein Frühling sehr lang.

Wenn ich Zeit habe, lege ich mich lange
ins feuchte Gras.
Oder ich klettere auf einen Baum.
Ich schaukle in den Ästen
und rieche an den Knospen.

Aber nur selten kann ich mich
in die glückliche Knaben-Zeit zurückversetzen.
Selten kann ich die Welt mit Kinder-Augen sehen.
In der Kinder-Zeit war alles
voll Freude und Schönheit.
Alle Menschen waren sanft und freundlich
zu uns Kindern.

Ich war ein wilder, ungezügelter Junge.
Mein Vater machte sich viele Sorgen um mich.
Meine Mutter hatte Angst um mich und seufzte.

Seit meiner Kinder-Zeit liebe ich zwei Gerüche.
Den Geruch von Äckern, die frisch gepflügt sind.
Den Geruch von Wäldern, wenn die Blätter keimen.
Diese Gerüche wecken eine Erinnerung in mir.
Eine Erinnerung an meine frühen Kinder-Jahre.
Ich will versuchen, davon zu erzählen.

Es war ein Winter-Abend.
In der Schlaf-Kammer waren die Fenster-Läden zu.
Ich lag im Dunkeln und war doch noch wach.

Mein kleiner Bruder neben mir schlief fest.
Ich schloss die Augen und wunderte mich.
Denn ich sah nicht schwarzes Dunkel,
sondern violette und dunkelrote Kreise.
Sie wurden größer und lösten sich auf.
Immer neue kamen nach.
Ich lauschte auf den Wind,
der die hohen Bäume bewegte.
Schade, dass Kinder nachts nicht aufbleiben dürfen,
nicht hinausgehen, nicht am Fenster stehen.

Ich dachte an eine Nacht, in der
die Fenster-Läden offen waren.
Die Mutter hatte vergessen, sie zu schließen.
Ich war aufgewacht und stand am Fenster.
Draußen war es seltsam hell,
nicht schwarz und finster.
Alles sah trüb und traurig aus.
Große Wolken zogen über den ganzen Himmel.
Auf dem Hof stand die Bank, wie immer.
Und der Trog vom Brunnen
und der junge Kastanien-Baum.
In der Nähe hörte ich ein Tier.
Es klagte oder es hatte Angst.
Da bekam ich auch Angst
und floh in mein Bett zurück.
An jene Nacht dachte ich zurück,
als ich noch wach im Bett lag.

In diesem Augenblick fiel ein wenig Licht
durch das Schlüssel-Loch.
Es kam aus der Schlaf-Stube meiner Eltern.
Ich hörte, wie mein Vater in Strümpfen herumlief.
Er sprach mit meiner Mutter.

„Schlafen die Kinder?", fragte er.
„Ja, schon lang", sagte die Mutter.
Ich schämte mich, weil ich trotzdem wach war.
„Hast du nach dem Brosi gefragt?",
fragte die Mutter.

„Ich hab ihn selber besucht", sagte der Vater.
„Am Abend. Er kann einem leidtun.
Ganz schlecht geht es ihm.
Wenn das Frühjahr kommt, muss er wohl sterben.
Er hat schon den Tod im Gesicht."

„Soll ich den Jungen einmal zum Brosi schicken?",
fragte die Mutter.
„Wie du willst", sagte der Vater,
„aber nötig ist es nicht.
Was versteht so ein kleines Kind davon?"
„Also, gut Nacht."
„Ja, gut Nacht."

Das Licht ging aus.
Alles war dunkel.

Ich machte die Augen zu.
Meine Eltern waren eingeschlafen.
Alles war still.
Aber das Gespräch meiner Eltern
ließ mir keine Ruhe.
Sie hatten vom Brosi gesprochen.
Ich konnte mich kaum an ihn erinnern.
Jetzt aber wurde die Erinnerung lebendig.
Ich hatte ein Bild vor Augen:
Ein Mann schenkte mir Äpfel.
Das war Brosis Vater.
Und da wusste ich plötzlich wieder alles.

Brosi war ein hübscher Knabe.
Ein Jahr älter als ich, aber nicht größer.
Wir waren Kameraden.
Er trug eine blaue Kappe aus Wolle.
Die Kappe hatte zwei komische Hörner.
Brosi hatte immer gute Einfälle
gegen die Langeweile.
Er war auch stärker, als ich dachte.
Einmal verprügelte er den Sohn vom Schmied.
Der Junge hatte Brosi verspottet,
wegen der Kappe mit den Hörnern.
Darum hatte ich einige Zeit Angst vor Brosi.

Brosi besaß einen zahmen Raben.
Als der Rabe starb, haben wir ihn begraben.

Als Sarg nahmen wir eine Schachtel.
Ich hielt eine Grab-Rede wie ein Pfarrer.
Als der Brosi anfing zu weinen,
musste mein kleiner Bruder lachen.
Da schlug der Brosi meinen Bruder.
Da schlug ich den Brosi.
Der Kleine heulte, und wir liefen auseinander.

Später kam Brosis Mutter und sagte:
„Es tut dem Brosi leid.
Wollt ihr morgen Nachmittag kommen?
Es gibt Kaffee und einen Hefe-Kuchen."
Wir gingen hin.
Und der Brosi erzählte eine Geschichte,
die war sehr lustig.
Und wir vertrugen uns wieder.

Dann fiel mir noch anderes ein,
was ich mit Brosi erlebt hatte.
So vieles hatte ich vergessen,
seit der Brosi nicht mehr zu uns kam.

Ich dachte an einen Tag im Herbst.
Da war der Falke von einem Bauern weggeflogen.
Seine Flügel waren gekürzt worden.
Sie waren aber wieder nachgewachsen.
Da flog der Falke hinaus aus dem engen,
finsteren Schuppen.

Und setzte sich in einen Apfelbaum.
Viele Leute standen auf der Straße
und beobachteten ihn.
Auch der Brosi und ich waren da.

Einer sagte: „Der Vogel kommt nicht wieder."
Und der Knecht Gottlob sagte: „Wenn er noch
fliegen könnte, würde er sofort wegfliegen."

Ich wusste nicht:
Soll ich mich freuen, wenn man ihn fängt?
Oder soll ich mich freuen, wenn er entkommt?

Schließlich brachte der Knecht Gottlob eine Leiter.
Der Bauer stieg hinauf.
Und streckte die Hand nach dem Falken aus.
Der Falke flatterte mit den Flügeln.
Dem Brosi und mir klopfte das Herz.

Der Falke stieß sich vom Ast ab.
Er flog Kreise, immer höher und höher.
Bald war er ganz klein,
dann war er im Himmel verschwunden.
Die Leute gingen weg.
Nur Brosi und ich schauten noch in den Himmel.
Plötzlich sprang der Brosi voll Freude in die Luft
und rief:
„Flieg du. Flieg du. Jetzt bist du wieder frei!"

Auch an die Nachmittage im Schuppen
vom Nachbarn musste ich denken.
Brosi und ich hockten dort,
wenn es schlimm regnete.
Wir betrachteten den Hof,
wo Bäche und Seen entstanden.

Brosi sagte:
„Du, jetzt kommt die große Flut.
Was machen wir jetzt?
Alle Dörfer sind schon ertrunken.
Das Wasser geht schon bis zum Wald."

Wir horchten auf den schüttenden Regen.
Er brauste wie die Wellen des Meeres.
Ich sagte:
„Wir müssen aus ein paar Balken ein Floß machen.
Das wird uns tragen."

Da schrie mich der Brosi aber an:
„So? Und deinen Vater und deine Mutter?
Und meinen Vater und meine Mutter?
Nimmst du die nicht mit?"

Daran hatte ich noch nicht gedacht.
Ich sagte:
„Ich habe mir vorgestellt,
alle sind schon im Wasser untergegangen."

Brosi wurde nachdenklich. Und traurig.
Denn er stellte sich alles immer ganz deutlich vor.
Schnell sagte er:
„Wir spielen jetzt was anderes."

Mir fiel auch ein, wie wir Brosis zahmen Raben
mitgenommen hatten in unser Gartenhaus.
Ich streckte ihm den Zeigefinger hin
und sagte im Spaß:
„Da, Jakob, beiß!"
Da hackte er mich in den Finger.

Es tat nicht sehr weh.
Aber ich wurde zornig und schlug nach ihm.
Der Brosi packte mich aber und hielt mich fest.
So lange, bis der Vogel hinausgeflogen war.

„Lass mich los", schrie ich, „er hat mich gebissen!"

Brosi rief: „Du hast es selber zu ihm gesagt.
Der Vogel hat nichts Falsches gemacht."

„Meinetwegen", sagte ich.
Und beschloss, mich ein anderes Mal zu rächen.

Nach einer Pause sagte Brosi:
„Versprichst du mir, dass du dem Jakob nichts tust?"
Ich antwortete nicht.

Da gab er mir zwei Äpfel aus dem Garten
von seinem Vater.
Die schönsten und größten Äpfel.
Ich schämte mich und wollte sie nicht annehmen.
Brosi sagte: „Nimm sie.
Ich wollte sie dir sowieso geben."

Einmal waren wir am Nachmittag
in den Wald gegangen.
Wir waren müde und setzten uns ins Moos.
Fliegen summten.
Ein Specht klopfte in der Nähe.
Wir fühlten uns sehr wohl und sprachen nur wenig.
Unter den Bäumen war das Licht grün.
Überall regte sich leise etwas.
Es war wie im Märchen.

Weil Brosi schwitzte, zog er Jacke und Weste aus.
Dabei ging sein Hemd etwas auf.
Ich erschrak, denn an seiner Schulter sah ich
eine lange rote Narbe.
Ich wollte ihn fragen, wo die Narbe herkommt.
Und freute mich auf eine spannende Geschichte
von einem Unfall.
Aber auf einmal wollte ich doch nicht mehr fragen.
Der Brosi mit seiner Narbe tat mir nämlich
jetzt furchtbar leid.
In diesem Augenblick mochte ich ihn sehr.

Aber ich konnte ihm das nicht sagen.
Als wir zu Hause waren, schenkte ich ihm
mein bestes Holz-Gewehr.
Brosi wollte es nicht nehmen.
Ich musste es ihm in die Tasche stecken.

Ein anderes Mal gingen Brosi und ich
wieder in den Tannenwald.
Denn wir wollten Rehe sehen.
Die Bäume standen weit auseinander.
Aber wir sahen kein einziges Reh.
Zwischen den Wurzeln von den Tannen
lagen kleine Felsen.
Fast alle Felsen hatten eine Stelle,
wo helles Moos wuchs.
Ich wollte ein Stück vom Moos abmachen.
Aber Brosi sagte schnell:
„Nein, lass es dran!“

„Warum?“

„Das kommt, wenn ein Engel durch den Wald geht.
Das sind seine Spuren.
Wo der Engel hintritt, wächst Moos.“

Nun vergaßen wir die Rehe
und warteten auf einen Engel.
Im ganzen Wald war Stille.

Auf dem Boden flackerte das Sonnen-Licht.
Ein ganz schwacher kühler Wind kam.
Da fürchteten wir uns.
Aber es war auch sehr feierlich.
Nach einer Weile gingen wir
still und schnell nach Hause.

Im nächsten Winter wurde Brosi krank.
Ich besuchte ihn.
Er lag im Bett und sagte fast gar nichts.
Ich hatte Angst und Langeweile.

Eine lange, lange Zeit ging vorbei.
Schnee fiel und schmolz und fiel noch einmal.
Der Bach fror zu und taute auf.
Der Winter ging und der Frühling kam.
Kleine Hühner wurden geboren.
Mein Bruder wurde krank
und wurde wieder gesund.
Der Frühling ging und der Sommer kam.
Die Felder wurden gepflügt.
Das Getreide wurde geerntet.
Der Sommer ging und der Herbst kam.
Schließlich hielt der neue Winter Einzug.
Alles ohne Brosi. Er kam nicht mehr zum Spielen.

So dachte ich immer seltener an ihn.
Und dann vergaß ich ihn ganz.

Bis zu dieser Nacht, als ich wach lag
und der Vater zur Mutter sagte:
„Wenn das Frühjahr kommt,
muss der Brosi wohl sterben.
Er hat schon den Tod im Gesicht."

Beim Frühstück fragte mich die Mutter
mit ihrer gütigen Stimme:
„Denkst du auch noch manchmal an den Brosi,
der immer mit euch gespielt hat?"

Da rief ich: „Ja!"

Die Mutter sagte:
„Dieses Frühjahr solltet ihr beide zusammen
in die Schule kommen.
Aber jetzt ist er so krank, dass nichts daraus wird.
Willst du einmal zu ihm gehen?"

Sie sagte das ganz ernst, und ich bekam Angst.
Aber ich war auch neugierig.
Hatte der Brosi wirklich den Tod im Gesicht?
Das fand ich grauenhaft und wunderbar zugleich.
Meine Mutter schärfte mir ein:
„Denk daran, dass er so krank ist.
Du kannst nicht mit ihm spielen.
Du darfst nicht laut sein."
Ich versprach alles.

Noch am gleichen Morgen ging in hinüber.
Vor dem Haus wartete ich eine Weile.
Dann stieg ich schnell die Stufen hinauf,
trat ein und klopfte an die nächste Tür.

Brosis Mutter war eine kleine, sanfte Frau.
Sie gab mir einen Kuss und fragte:
„Kommst du zum Brosi?“
Sie nahm mich an der Hand.
Wir gingen nach oben zum Zimmer von Brosi.
Vor der Tür bekam ich Angst
und wollte zurückgehen.
Aber Brosis Mutter zog mich in die Stube.
Dort war es hell und gemütlich.
Ich stand verlegen und ängstlich an der Tür.
Ich schaute zum Bett.
Da drehte Brosi sich zu uns um.

Ich blickte aufmerksam in sein Gesicht.
Das war schmal und spitz.
Aber den Tod konnte ich darin nicht sehen.
Brosis Augen waren ernst und geduldig.
Ich dachte: Das ist alles so feierlich wie damals
im Wald, bei den Schritten von den Engeln.

Der Brosi streckte mir eine Hand hin.
Die Hand war heiß und trocken und mager.
Seine Mutter streichelte ihn.

Dann ging sie aus der Stube.
So stand ich allein an dem kleinen hohen Bett.

Brosi sagte: „Bist du es denn noch?"
Ich sagte: „Ja, und du auch noch?"
Wir hatten uns ja so lange nicht getroffen.
Brosi fragte: „Hat dich deine Mutter geschickt?"
Ich nickte.

Er war müde, ließ den Kopf auf das Kissen fallen.
Ich sah ihn an und konnte nichts sagen.
Und er sah mich an, bis er lächelte.
Er bewegte sich,
und ich sah unter dem Hemd die Narbe.
Da musste ich auf einmal heulen.

Er fragte: „Was hast du denn?"
Ich konnte nichts sagen, sondern weinte weiter.
Brosi: „Warum weinst du? Sag schon."
Ich: „Weil du so krank bist."
„Das ist nicht so schlimm", sagte Brosi.
„Wirst du bald wieder gesund?", fragte ich.
„Ja, vielleicht."
„Wann denn?"
„Ich weiß nicht. Es dauert lang."

Nach einiger Zeit sah ich, dass er eingeschlafen war.
Ich ging die Treppe hinunter und nach Hause.

Ich war sehr froh, dass die Mutter mich
nicht ausfragte.
Sie sah, dass ich nachdenklich war.
Sie strich mir über das Haar.
Und sie nickte und sagte nichts.

Trotzdem war ich am selben Tag frech und unartig.
Habe ich mit meinem Bruder gestritten?
Habe ich die Magd in der Küche geärgert?
Ich weiß es nicht mehr.
Meine Mutter sah mich am Abend sehr ernst an.
Aber sie wollte nicht schimpfen.
Ich verstand sie, und es tat mir leid.

Dann nahm sie einen kleinen Blumentopf voll Erde.
Darin war eine schwarze Knolle.
Sie hatte schon spitze, hellgrüne Blättchen.
Meine Mutter sagte:
„Die Knolle gebe ich dir jetzt.
Später wird daraus eine große rote Blume.
Du musst gut auf sie aufpassen.
Jeden Tag musst du sie zweimal gießen.
Wenn sie schön blüht,
darfst du sie dem Brosi schenken.
Dann freut er sich. Denkst du daran?"

Ich war stolz auf die Blume.
Ich wollte sie sorgfältig pflegen.

Das war eine wichtige Aufgabe.
Aber schon am nächsten Morgen vergaß ich,
sie zu gießen.
Die Mutter erinnerte mich daran:
„Was ist mit der Blume für den Brosi?“
Ich vergaß es noch öfter, sie zu gießen.
Trotzdem war ich glücklich über die Blume.
Zum ersten Mal sah ich etwas wachsen.
Zum ersten Mal pflegte ich etwas.

Ein paar Tage lang sah meine Blume nicht gut aus.
Sie schien zu leiden.
Ich war traurig darüber.
Meine Mutter sagte:
„Siehst du, das ist so wie mit dem Brosi.
Wenn einer krank ist, muss man noch netter
zu ihm sein. Und sich noch mehr kümmern.“

Das verstand ich.
Ich fühlte jetzt:
Die kranke Blume und der kranke Brosi
sind sich ähnlich.
Und ich dachte: Wenn die Blume gesund wird,
wird auch Brosi gesund.
Wenn die Blume stirbt, stirbt auch Brosi.
Und das ist dann meine Schuld.
Deswegen passte ich sehr gut auf die Blume auf.
Wie auf einen Schatz.

Nach drei Tagen ging ich wieder zu Brosi hinüber.
Die Pflanze sah noch ziemlich schlecht aus.
Brosi musste ganz still liegen.
Ich wusste nicht, was ich sagen sollte.
Manchmal machte er die Augen auf und wieder zu.
Aber er bewegte sich nicht.
Ich bekam Angst, denn es war so still im Zimmer.
Die Mutter vom Brosi kam und holte mich hinaus.

Als ich das nächste Mal hinging, war ich viel froher.
Denn die Blume wuchs.
Auch Brosi war diesmal sehr munter.
Wir erzählten uns über den Raben Jakob.
Und wir sprachen die drei Wörter nach,
die er sagen konnte.
Dann erzählte ich von einem Papagei,
der einmal bei uns auftauchte.
Er hatte sich verirrt.
Er saß auf dem Dach vom Schuppen.
Der alte Knecht holte eine Leiter.
Er stieg auf das Dach und ging vorsichtig
näher zu dem Vogel.
Da sagte der Papagei: „Guten Tag."
Der Knecht nahm seine Mütze ab und sagte:
„Verzeihung. Ich dachte fast, Sie sind ein Vogel."

Als ich das erzählte, dachte ich:
Nun muss der Brosi sicher laut lachen.

Aber das tat er nicht.
Ich sah ihn verwundert an.
Er lächelte, und seine Backen waren etwas rot.
Aber er sagte nichts und lachte auch nicht laut.

Da dachte ich plötzlich:
„Ist der Brosi auf einmal viele Jahre älter als ich?
Er sieht so aus."
Ich verstand das nicht.
Ich spürte nämlich: Etwas ist anders als sonst.

Ein große Fliege flog durch das Zimmer.
Ich fragte: „Soll ich sie fangen?"
„Nein, lass sie doch", sagte der Brosi.
Er sprach wie ein Erwachsener.
Das machte mir Angst, und ich ging fort.

Auf dem Heim-Weg spürte ich zum ersten Mal
ganz deutlich den Frühling kommen.
Ein lauer Wind wehte.
Die Erde auf den Äckern war feucht und dunkel.
Ich beschloss, ein Lied zu summen.
Ich hörte aber gleich wieder auf,
denn irgendetwas machte mich traurig.

An den kurzen Heim-Weg erinnere ich mich genau.
Kahle Obst-Bäume streckten ihre Äste nach mir aus.
An den Zweigen waren schon kleine Knospen.

Im Wind flogen die Wolken.
Plötzlich flatterte ein dunkler Vogel auf.
Er stieß einen langen Schrei aus.
Dann flog er in die Höhe, und mein Herz folgte ihm.

Meine Blume richtete sich auf und wurde kräftiger.
Deswegen glaubte ich fest daran,
dass Brosi gesund wird.
Auch die große Knospe richtete sich auf.
Eines Tages öffnete sie sich.
Viele rote Blüten kamen hervor.

Also brachte ich die Blume zu Brosi.
Es war ein heller Frühlings-Tag.
Auf dem dunklen Acker sah man schon
das Getreide wachsen.
Auf den Straßen standen Pfützen.
Das Bett vom Brosi stand jetzt am Fenster.
Dort stand auch die rote Blume und leuchtete.

Brosi sprach etwas mehr als sonst.
Das warme Licht glänzte auf seinem blonden Haar.
Ich freute mich sehr, dass es ihm wieder besser ging.
Seine Mutter saß dabei.
Nach einer Weile schenkte sie mir eine Birne
und schickte mich heim.
Ich aß die Birne auf dem Heim-Weg.
Sie war süß, der Saft tropfte mir über das Kinn.

Am folgenden Tag regnete es und regnete es.
Ich durfte zu Hause bleiben
und schaute Bilder-Bücher an.
Auch am zweiten Tag regnete es ohne Pause.
Ich hatte schlechte Laune und langweilte mich.
Stundenlang starrte ich durch das Fenster
auf den Hof.
Dann spielte ich alle meine Spiele.

Am Abend hatte ich Streit mit meinem Bruder.
Wir ärgerten einander,
bis er ein Schimpf-Wort sagte.
Da schlug ich ihn, und er heulte und lief zur Mutter.
Die Mutter schimpfte.
Und als der Vater nach Hause kam,
strafte er mich und steckte mich ins Bett.
Ich fühlte mich sehr unglücklich.

Am folgenden Morgen war ich wieder
beim kranken Brosi.
Seine Mutter hatte immer den Finger am Mund.
Ich sollte leise sein.
Brosi hatte die Augen zu und stöhnte leise.
Er hatte Schmerzen.
Sein Gesicht war bleich.
Es machte mir Angst.
Da nahm seine Mutter meine Hand
und legte sie auf Brosis Hand.

Brosi öffnete die Augen und sah mich still an.
Sein Blick war fremd und seltsam.
Ich fragte mich, ob Brosi mich erkannte.
Leise schlich ich nach kurzer Zeit wieder hinaus.

Als ich ins Bett ging, wusste es meine Mutter schon.
Aber erst am Morgen sagte sie es mir:
„Am Nachmittag hat die Mutter dem Brosi
noch eine Geschichte erzählt.
Dann hat er bis zum Abend geschlafen.
Im Schlaf hat sein Herz
immer schwächer geschlagen.
Und dann hat es ganz aufgehört zu schlagen."

Den ganzen Tag ging ich wie im Traum umher.
Ich stellte mir vor:
Der Brosi ist zu den Engeln gekommen.
Er ist jetzt selbst ein Engel.

Sein kleiner magerer Körper
lag noch drüben im Haus.
Aber das wusste ich nicht.

Der Wolf

Der Winter in den Bergen war lang und kalt.
Weiß glitzernd lag der Schnee auf den Hängen.
Die Menschen saßen träge in ihren Hütten.
Sie schimpften über die Kälte.

Auch die Tiere hatten eine schwere Zeit.
Besonders die Vögel.
Viele erfroren oder verhungerten.

Sogar die Wölfe litten unter der Kälte.
Tagsüber zogen sie einzeln umher.
Wie Gespenster huschten sie über den Schnee.

Abends zogen die Wölfe im Rudel zu den Dörfern.
Sie heulten.
Denn sie wussten:
In den Ställen steht das Vieh.
Das wäre eine gute Beute.
Aber die Menschen bewachten das Vieh.
So fingen die Wölfe nur selten ein Tier.
Aber die Menschen hatten schon
zwei Wölfe erschossen.

Der Frost nahm kein Ende.
Da beschlossen einige Wölfe wegzugehen.
Früh am Morgen verließen sie die anderen.

Drei von ihnen zogen in die Berge.
Sie waren jung und schön, aber entsetzlich mager.

In den Bergen lebten viele Menschen.
Es gab dort aber keine anderen Wölfe.
So hatten die drei Wölfe erst einmal Glück:
Sie fingen ein Schaf, einen Hund, ein Fohlen.

Die Menschen bekamen Angst.
Sie gingen nur mit Gewehr aus dem Haus.
Doch die Wölfe machten gute Beute.

Mit der Zeit wurden die Wölfe immer mutiger.
Sie brachen in einen Kuhstall ein.
Am hellen Tag.
Die Kühe brüllten voller Angst.
Die Wölfe tobten im Stall.
Die Menschen hörten den Lärm.
Sie kamen mit den Gewehren angerannt.
Sie erschossen einen Wolf.
Den zweiten Wolf erschlugen sie mit dem Beil.

Der dritte Wolf konnte fliehen.
Er lief über die verschneiten Felder.
Schließlich brach er atemlos zusammen.
Ein Beil hatte ihn am Rücken verletzt.
Er keuchte.
Lange lag er im Schnee.

Dann erholte er sich und lief weiter.
Gegen den Durst fraß er von dem harten Schnee.

Am Abend kam er zu einem Dorf.
Vorsichtig schlich er um die Gartenzäune.
Er roch die Tiere in den Ställen.

Da fiel ein Schuss!
Und noch einer!
Der Wolf war getroffen.
Er blutete.
Dennoch entkam er in großen Sprüngen.
Er erreichte den Bergwald.

Dort hielt er an und lauschte.
Er hörte Stimmen und Schritte.
Die Menschen verfolgten ihn.
Sie trugen Laternen.
Voller Angst sah der Wolf den Berg hinauf.
Der Berg war steil.

Der Wolf kletterte höher.
Er zitterte.
Blut tropfte aus seiner Wunde.
Endlich war der Wolf oben.
Hoch über dem Dorf.
Die Kälte hatte nachgelassen.
Langsam wurde es dunkel.

Der Wolf fühlte keinen Hunger.
Seine Wunde schmerzte.
Er war schwach.
Er fühlte, dass er bald sterben würde.

Der Wolf legte sich unter eine große Tanne.
Ein seltsames rotes Licht fiel auf den Schnee.
Es war der Mond: groß und rot.

Traurig schaute der Wolf zum Mond.
Leise heulte er auf.
Er war schon ganz schwach.

Lichter und Schritte kamen näher.
Es waren die Bauern und Jäger.
Sie entdeckten den Wolf und lachten.
Sie schossen, doch sie trafen ihn nicht.

Aber die Bauern und Jäger sahen,
dass der Wolf starb.
Da wurden sie mutig und erschlugen ihn
mit Stöcken und Knüppeln.
Der Wolf spürte es nicht mehr.

Die Männer schleppten
den zerschlagenen Körper ins Dorf.
Sie freuten sich auf Schnaps und Kaffee.
Sie waren stolz.

Keiner sah, wie schön der verschneite Wald war.
Keiner sah den roten Mond.
Und keiner sah den Stolz und die Schönheit
von dem toten Wolf.

Das erste Abenteuer

Letzte Nacht habe ich schlecht geschlafen.
Ich lag wach und dachte zurück
an meine jungen Jahre.
Ich habe an meine Lehrlings-Zeit gedacht.
Damals war ich 18 Jahre alt.
Ich lernte Maschinen-Schlosser.

Meine Ausbildung war fast zu Ende.
Aber ich war nicht glücklich.
Diese Arbeit machte mir keinen Spaß mehr.
Mein Vater wusste davon noch nichts.

In meiner Werkstatt arbeitete ein Volontär.
Seine Tante war Witwe.
Ihr Mann war Fabrik-Besitzer gewesen.
Jetzt wohnte sie in der Nachbarstadt
in einer kleinen Villa.
Sie hatte einen schicken Wagen und ein Pferd.
Sie war recht eingebildet.
Die Leute sprachen nicht gut über sie.

Manchmal besuchte sie ihren Neffen
in der Werkstatt.
Er zeigte ihr alle Maschinen.
Sie trug feine Kleider
und war so schön wie eine Prinzessin.

Wir Lehrlinge standen nur herum.
Schmutzig und mit Öl verschmiert.

Eines Tages kam der Volontär und sagte:
„Willst du am Sonntag zu meiner Tante
mitkommen? Sie hat uns eingeladen."

Ich konnte das nicht glauben.
Denn ich war Sozialdemokrat.
Was sollte denn ein Sozialdemokrat
bei so einer feinen Dame?
Trotzdem sagte ich zu.

Ich war aufgeregt und ängstlich.
Was sollte ich bloß mit der Frau reden?
Wie sollte ich mich benehmen?
Mein guter Anzug war mir plötzlich
nicht mehr gut genug.
Ich schämte mich dafür.
Meine Schuhe und die Krawatte fand ich schick.
Und den neuen Zwicker, meine kleine Brille.
Das war aber zu wenig.

Am Sonntagabend machte ich mich
voller Aufregung mit dem Volontär auf den Weg.
Wir gingen durch den Garten
und läuteten an der Tür der Villa.
Ein hochnäsiger Diener öffnete.

Er machte mich unsicher.
Ängstlich betrachtete ich meine Hände:
Sie waren sauber,
kein Schmutz der Werkstatt mehr daran.
Aber es hatte lange gedauert, sie zu putzen.

Die Tante trug ein einfaches Sommerkleid.
Sie sagte:
„Das Abendessen ist gleich fertig."
Dann sah sie auf meinen Zwicker und fragte:
„Sind Sie kurzsichtig?"

„Ja, etwas."

„Schade, der Zwicker steht Ihnen nicht",
meinte die Tante.
Und schon steckte ich den Zwicker in die Tasche.

„Und Sie sind also Sozialdemokrat?", fragte sie.

„Ja, aus Überzeugung."

„Ach so. Aber Ihre rote Krawatte ist wirklich nett.
Nun wollen wir essen."

Es gab Suppe, Braten, Gemüse, Salat und Kuchen.
Die Dame schenkte uns Wein ein.
Die guten Speisen und der Wein schmeckten mir.

Meine Aufregung legte sich.
Ich fühlte mich wohl.

Nach dem Essen saßen wir im Salon.
Man bot mir eine Zigarre an.
Jetzt fühlte ich mich richtig behaglich.
Darum traute ich mich auch, die Dame anzusehen:
Sie war so fein und schön.
Ich hatte das Gefühl, in einer besseren Welt
gelandet zu sein.

Wir unterhielten uns lebhaft.
Auch über Politik.
Die Dame sagte lächelnd:
„Bleiben Sie nur Sozialdemokrat.
Aber dann dürfen Sie Ihre rote Krawatte
nicht so schief binden.
Ich werde sie gerade richten."

Sie fasste die Krawatte mit beiden Händen.
Plötzlich schob sie zwei Finger in mein Hemd,
zwischen den Knöpfen.
Sie berührte meine Brust.
Ich erschrak.
Sie sah mir direkt in die Augen.

„Oh, Donnerwetter", dachte ich.
Mein Herz klopfte heftig.

Sie sah mich ernst an und nickte.
Dann bat sie ihren Neffen, den Volontär:
„Hol doch bitte von oben den Spielkasten."

Er ging, und die Dame kam auf mich zu.
„Du bist lieb", sagte sie und küsste mich.
Ich drückte sie an mich.
Ihre Augen schimmerten.

Der Volontär kam zurück.
Wir setzten uns und machten ein Würfelspiel.
Die Dame scherzte viel.
Aber ich war nervös. Ich konnte kaum atmen.
Manchmal legte sie unter dem Tisch
die Hand auf mein Knie.
Oder griff heimlich nach meiner Hand.

Um zehn Uhr sagte der Volontär:
„Wir müssen nun wieder gehen.
Der Zug nach Hause fährt bald."

Die Dame sah mich an und sagte:
„Wollen Sie wirklich auch schon fort?"

Ich stotterte: „J-ja, es ist Zeit."

Damals hatte ich keine Ahnung von der Liebe.
Oder was die Dame wohl von mir erwartete.

An der Tür hielt sie mich zurück.
Flüsterte mir zu: „Sei doch gescheit ...“

Auch das verstand ich nicht.

Wir verabschiedeten uns
und rannten zum Bahnhof.
Der Volontär stieg in den Zug.
Aber ich überlegte es mir anders.
Ich wollte allein sein.
Also lief ich den weiten Weg zu Fuß nach Hause.

Ich dachte bei mir:
„Eine vornehme Dame hat mich lieb.“
Meine politischen Ansichten waren vergessen.
Ich war ganz verwirrt.
Aber es machte mich auch stolz.

Am nächsten Sonntag war der Volontär
wieder eingeladen.
Ich nicht.
Die Dame kam auch nicht mehr in die Werkstatt.

Ich ging noch oft an dem Garten vorbei.
Und sah durch das Gitter zur Villa.
Und dachte: „Aber sie hat mich doch lieb.“
Einmal hörte ich das Klavier spielen.
Da weinte ich.

Nie mehr habe ich die Dame gesehen.
Nie mehr habe ich ihre Hand gespürt.
Nur im Traum.

Bald darauf beendete ich meine Ausbildung
in der Schlosserei.
Und fuhr weit weg in eine andere Stadt.

Die Stadt

„Es geht vorwärts!“, rief der Ingenieur.
Denn seit gestern war die neue
Schienen-Strecke fertig.
Und heute kam schon der zweite Eisenbahn-Zug.
Er war voll mit Menschen, Kohle, Werkzeugen,
Lebensmitteln.
Er fuhr in eine neue Stadt.
Die Stadt wurde in der Prärie gebaut.

In der Ferne war ein hohes Gebirge.
Dort gab es dunkle Wälder.
Die Prärie aber glühte im Sonnen-Licht.
In der Prärie lebten wilde Hunde und Büffel.
Die Tiere staunten über den Lärm,
den die Menschen machten.
Der Lärm kam von Hobel und Säge und Hammer.
Und von Schüssen aus dem Gewehr.

Hütten aus Well-Blech und Holz wurden gebaut.
Später auch Häuser aus Stein.
Es ging immer lebhafter zu.
Die wilden Hunde und Büffel zogen fort.

Bald zerschnitten Straßen die Wildnis.
Die Menschen bauten Bauernhöfe
rund um die Stadt.

Und sie legten Felder an.
Bald wuchs dort das erste Gemüse.
Dann weihten die Menschen den Bahnhof ein.
In der Stadt gab es eine Bank und ein Haus
für die Regierung.

Nach einiger Zeit bauten sie in der Nähe
andere Städte.
Aus aller Welt kamen Arbeiter und Bauern dorthin.
Auch Kaufleute, Rechts-Anwälte, Priester
und Lehrer kamen.
Aber auch Taschendiebe, Betrüger und Einbrecher.

Dann wurde Erdöl gefunden.
Maschinen an großen Bohrlöchern förderten es
aus der Erde zutage.
Die Menschen verkauften das Erdöl.
Davon wurde die junge Stadt reich.
Es gab ein großes Warenhaus.
Die Menschen vergnügten sich.
Ein Verein gegen Alkohol wurde gegründet.
Man konnte Mode aus Paris kaufen
und Bier aus Bayern.
Wein aus Frankreich und Hering aus Norwegen.
Wurst aus Italien und Kleider-Stoffe aus England.

Den Menschen ging es gut.
Sie fühlten sich wohl in der Stadt.

Die Stadt war ihre neue Heimat.
Die Zeit verging.
Die Gründung der Stadt war lange vorbei.
Seither war in der Stadt schon vieles geschehen.
Gutes und Schlechtes.
Die Stadt herrschte jetzt
über die anderen Städte in der Nähe.
Sie war die Hauptstadt der ganzen Gegend.
Die Straßen der Stadt waren hell und breit.
An den Straßen standen Banken,
Theater und Kirchen.
Diese Gebäude waren groß und prächtig.

Es gab auch eine Hochschule.
Dort lernten viele Studenten.
In der Stadt war immer viel los.
Krankenwagen fuhren zu den Krankenhäusern.
Politiker fuhren in großen Autos
zu Sitzungen und Versammlungen.
Die Menschen grüßten die Politiker.

Immer mehr Menschen zogen in die Stadt.
Für die vielen Kinder baute man 20 riesige Schulen.
In jedem Jahr feierten die Kinder dort
den Gründungs-Tag der Stadt.

Bald bedeckten Felder, Fabriken, Dörfer und
Schienen-Strecken die ganze Prärie.

Überall entstand Neues.
Als die Stadt hundert Jahre alt war,
zerstörte ein Erdbeben fast alle Häuser.
Doch die Menschen bauten alles wieder auf.
Sie bauten die Häuser sogar noch
größer und schöner als vorher.
Die Stadt war die schönste und reichste Stadt
im ganzen Land.

Aus fremden Städten reisten
Bürgermeister und Techniker in die Stadt.
Sie wollten alles über die Gebäude lernen.
Und alles über die Wasser-Leitungen
und über das Rathaus und die Verwaltung.

Die Stadt war jetzt berühmt.
Sie wuchs schneller und schneller.
Deswegen planten die Bürger ein neues Rathaus.
Das Rathaus sollte das größte Gebäude
der Welt sein. Und das schönste.

Die Menschen bauten die Häuser in der Stadt-Mitte
aus teuren Steinen.
Sie gaben viel Geld dafür aus.
Um die Stadt-Mitte herum war ein herrlicher Park.
Dann kamen breite Straßen und vornehme Häuser.
Anschließend kamen Wiesen und Felder
und endlich freies Land.

In der Stadt gab es auch ein großes Museum.
Es hatte hundert Höfe und Hallen.
In dem Museum wurde gezeigt,
wie die Stadt entstanden war.
Alles war kunstvoll nachgebaut:
die Prärie und die Hütten aus Holz.
Die Pflanzen und Tiere aus der Prärie.
Die erste Schienen-Strecke und
die ersten schmalen Straßen.

Die Lehrer gingen oft mit den Schülern
in das Museum.
Die Schüler sollten dort alles lernen:
Wie die Tiere und Menschen entstanden sind.
Wie die Menschen die Prärie erobert hatten.
Wie sich aus dem armen Leben
der Reichtum entwickelte.

Hundert Jahre später war die Stadt noch reicher.
Aber plötzlich wollten die armen Leute
Veränderungen.
Auch sie wollten etwas von dem Reichtum haben.
Die armen Leute machten eine Revolution.
Sie zündeten die Erdöl-Werke bei der Stadt an.
Auch Fabriken, Bauernhöfe und Dörfer
brannten sie nieder.
In der Stadt geschahen viele schlimme Dinge,
Morde und viele andere Verbrechen.

Aber die Revolution hatte keinen Erfolg.
Es änderte sich nichts für die armen Leute.

Nur langsam erholte sich die Stadt wieder.
Das dauerte viele Jahre.

Während dieser Zeit wurde
ein anderes Land mächtig und reich.
Es lag hinter dem Meer.
In dem fernen Land gab es
Getreide und Eisen und Silber.
Und viele andere wertvolle Dinge.

Die Stadt war nun nicht mehr so wichtig.
Sie wurde langsam immer ärmer.
Die Menschen bauten keine neuen Häuser mehr.
Die Kaufleute verdienten nichts mehr.
Das Leben in der Stadt wurde ruhiger.

Aber jetzt gab es in der Stadt Gelehrte.
Und es gab Maler und Dichter.
Die Gelehrten schrieben kluge Bücher
über die Entwicklung der Stadt.
Die Maler malten die Gärten mit den alten Statuen,
mit dem Moos und den grünen Teichen.
Die Dichter schrieben über die alten Zeiten.
Als die Menschen mutig waren
und die Stadt erschufen.

Aber jetzt waren die Menschen nur noch
müde und feige.
Auch darüber schrieben die Dichter.

Die Gelehrten, Maler und Dichter
machten die Stadt wieder berühmt.
Lange Zeit kamen viele Besucher in die Stadt.
Das waren meistens junge Leute,
Dichter und Verliebte.
Sie wollten die frühere Schönheit der Stadt
ansehen und spüren.

Aber es wollten immer weniger Menschen
in der Stadt leben.
Die jungen Leute zogen fort in die neuen Städte.
In den alten Familien in der Stadt
gab es keine Kinder mehr.
Die Familien starben aus.
Oder sie wurden arm und lebten im Schmutz.
Die kleinen Städte bei der schönen Stadt
waren schon lange nicht mehr bewohnt.
In ihren Ruinen liefen nur manchmal
Besucher herum.

Dann gab es noch einmal ein großes Erdbeben.
Das zerstörte zwar die Stadt nicht noch einmal.
Aber das Land um die Stadt veränderte sich.
Ein Teil des Landes wurde Sumpf.

Ein anderer Teil vertrocknete.
Von den Bergen her breitete sich der Wald aus.
Auch im Sumpf wuchsen Bäume.

In der Stadt lebte nur noch Gesindel.
Allmählich starben aber auch die letzten Bewohner.
Die Stadt lag jetzt verlassen da.
Die Häuser verfielen nach und nach.
Nur die Reste des alten Rathauses ragten
noch immer hoch hinauf.

Aus fernen Ländern kamen Wissenschaftler,
um die Trümmer der Stadt zu untersuchen.
Dann reisten sie wieder nach Hause.
Dort hielten sie kluge Vorträge über die alte Stadt.

Der Wald rückte immer näher an die alte Stadt.
Seen und Flüsse entstanden und verschwanden.
Der Wald wurde dichter und bedeckte bald
das ganze Land.
Er bedeckte auch die Reste der alten Stadt.
Die wilden Hunde und die Büffel kamen zurück.

„Es geht vorwärts!“, rief ein Specht.
Denn er sah den Wald wachsen.
Der Specht war zufrieden über die Entwicklung.

Der Zyklon

Ich war 18 Jahre alt.
Ich arbeitete als Praktikant in einer kleinen Fabrik
in meiner Heimatstadt.
Ich genoss den Sommer und meine Jugend.
Ich spürte die Aufbruch-Stimmung
zwischen Kindheit und Erwachsen-Sein.
Auch wenn ich keinen Namen
für dieses Gefühl hatte.
Am Ende des Jahres würde ich
meine kleine Heimat-Stadt verlassen.
Aber im Sommer wusste ich das noch nicht.

Damals wurde unsere Gegend
von einem Zyklon getroffen.
Es gab nie wieder so einen starken Sturm
in unserer Gegend.

Den ganzen Sommer war es in unserem Tal
sehr schwül.
Fast jeden Tag gab es ein Gewitter.
Selbst die Fische waren unruhig von der Hitze.
Ich sah es, wenn ich nach der Arbeit
zum Angeln ging.
Die Fische drängelten durcheinander.
Sie sprangen aus dem Wasser.
Und sie schluckten den Köder, ohne zu überlegen.

In diesen Spätsommer-Tagen hatte ich einen Unfall.
Ich hatte mir mit einem spitzen Werkzeug
ein tiefes Loch in die linke Hand gestochen.
Ich musste einen Verband tragen.
Ich konnte so nicht in die Werkstatt gehen.
So hatte ich überraschend ein paar Tage frei.

Eines Morgens verließ ich unser Haus.
Ich hatte ein Buch und ein Stück Brot dabei.
Ich ging zuerst in den Garten.
Dort standen die Tannen,
die mein Vater gepflanzt hatte.
Daneben die Blumen meiner Mutter.
Jeden Sonntag pflückten wir dort einen Strauß.
So viele verschiedene Sorten
hatte meine Mutter gepflanzt.
Es war eine wahre Pracht.

Ich roch an vielen Blüten.
In einige schaute ich hinein,
wollte sie genau betrachten.
Dazwischen schaute ich den Morgen-Himmel an.
Ich dachte:
Heute wird sicher wieder ein Gewitter kommen.
Ich beschloss, am Nachmittag zu angeln.
Darum suchte ich im Garten unter den Steinen
nach Regen-Würmern.
Aber ich fand keine.

Ich überlegte, was ich tun sollte.
Ich wusste es nicht so recht.
Vor einem Jahr war ich noch ein Junge gewesen.
Damals schoss ich mit Pfeil und Bogen.
Ich ließ auf den Feldern Drachen steigen.
Ich sprengte Mauselöcher mit Schießpulver.

Das alles machte mir jetzt keinen Spaß mehr.
Ich betrachtete den Garten und den Hof.
Dort stand das große Wasserfass.
Als Junge hatte ich dort Bäche und Dämme angelegt
und kleine Mühl-Räder gebaut.
Aber auch der Spaß war vorbei.

Ich beschloss, spazieren zu gehen.
Ich wollte vom Berg auf die Stadt hinuntersehen.
Spazieren gehen? Ein Junge geht nicht spazieren!
So dachte ich früher.
Ein Junge ist Räuber oder Ritter,
Indianer oder Fischer.
Er jagt Schmetterlinge oder Eidechsen.

Aber heute ging ich spazieren.
Obwohl ich wusste:
Es ist doch nur etwas für Erwachsene.

Ich ging zum Bahn-Damm,
wo der hohe Ginster stand.

Eine Eidechse huschte über den Weg.
Da fühlte ich mich doch plötzlich wieder
wie ein Kind.
Ich bekam Lust, die Eidechse zu fangen.
Ich schlich und lauerte,
bis ich das Tier in der Hand hielt.
Es war warm von der Sonne.
Ich spürte seine Angst.
Mit seinen kleinen Beinchen wehrte es sich
gegen mich.
Da war meine Lust zu jagen vorbei.
Ich bückte mich und ließ die Eidechse frei.

Ein Zug fuhr vorbei.
Ich sah ihm nach,
und ich wünschte mir mitzufahren.
Hinaus in die Welt.
Ich sprang über die Schienen auf den Bahn-Damm.
Dann kletterte ich an den roten Felsen hoch.
Ich kannte den Weg, den ich klettern musste.
Der rote Fels war trocken und warm.
Ich hielt mich am Ginster fest.
Über mir, ganz nah, der leuchtende Himmel.
Dann war ich oben auf dem Hang.

Hier standen kümmerliche Akazien-Bäume
voller Dornen.
Es gab auch ein paar kleine Rosen-Sträucher.

Das Gras dazwischen war zäh und verwildert.
Es wurde nicht gemäht.
Es war wie auf einer Insel.
Ich war Robinson.
Das einsame Land gehörte keinem.
Nur dem, der sich traute, hier hinaufzuklettern.
Als ich zwölf Jahre alt war,
kratzte ich meinen Namen in den Stein.

Ich legte mich in das trockene Gras
und sah in den tiefblauen Himmel.
Jetzt hatte ich Ruhe und konnte nachdenken.
Nachdenken über mein Leben und meine Zukunft.
Ich sah keine neuen Wege, die ich gehen konnte.
Ich sah nur, was verschwand.
Die Knaben-Zeit verschwand.
Die unbeschwerte Kindheit.
Die Arbeit in der Werkstatt war dafür kein Ersatz.
Denn ich liebte sie wenig.

Die Arbeit half mir natürlich trotzdem.
Denn durch sie verdiente ich Geld.
Ich musste nicht mehr Vater und Mutter
für alles um Erlaubnis fragen.
Ich konnte sonntags kegeln gehen
und ein Bier trinken.
Das war schön.
Aber war das mein neues Leben? War das alles?

Ich glaubte fest:
Mein neues Leben ist schöner und geheimnisvoller.
Und ich fühlte: Die Mädchen und die Liebe
sind darin wichtig.

Ich hatte Liebes-Paare gesehen.
Ich hatte wunderbare Liebes-Gedichte gelesen.
Und ich hatte mich auch schon verliebt.
Sogar mehrmals.
Manche Kollegen in der Werkstatt erzählten
von Tanzvergnügen am Wochenende.
Und dass sie nachts im Zimmer
ihres Mädchens waren.

Ich dachte viel darüber nach.
Und es macht mich unruhig.
Vor allem, seit ein Lehrling in meiner Werkstatt
eines Abends zu mir sagte:
„Ich weiß ein Mädchen für dich.
Sie ist schön, und sie hat
noch keinen Freund gehabt.
Und sie will nur dich zum Freund haben."

Ich fragte ihn nach dem Namen des Mädchens.
Er wollte ihn aber nicht sagen.
Ich bat und fragte noch einmal.
Schließlich sagte er:
„Sie geht gerade hinter uns."

Schüchtern drehte ich mich um.
Hinter uns ging ein junges Mädchen
den Weg entlang.
Sie hieß Berta Vögtlin.
Sie arbeitete in der Spinnerei.
Ich kannte sie vom Sehen.
Sie sah mich an, lächelte und wurde rot.
Ich drehte mich schnell wieder um
und lief nach Hause.

Bei unserer nächsten Begegnung fragte sie mich:
„Auch schon Feierabend?"
So wollte sie eine Unterhaltung beginnen.
Ich war aber verlegen.
Darum nickte ich nur und ging weiter.

Ja, ich wollte ein hübsches Mädchen liebhaben.
Berta war hübsch und blond und kräftig.
Und ich gefiel ihr wohl gut.
Sie sah mich immer zärtlich an.
Aber ich war nicht in sie verliebt.
Nie hatte ich ihren Namen
in mein Kissen geflüstert.
Ich dürfte sie in den Arm nehmen und küssen.
Das wäre kein Problem.
Aber ich verehrte sie nicht.
Ich wollte doch ein Mädchen,
das ich bewundern und anbeten konnte.

Ich wollte Romantik.
Ich wollte starke Gefühle. Leidenschaft.

All das ging mir durch den Kopf,
wie ich da im Gras lag.
Mit schlechter Laune stand ich endlich auf.
Ach, ich war so verwirrt!
Ich wünschte mir: Mein Jahr in der Werkstatt
soll schon morgen vorbei sein!
Dann kann ich weit weg gehen,
neu anfangen, alles hier vergessen.

Ich beschloss, auf den Berg zu steigen.
Ich lief atemlos den steilen Hang hinauf.
Oben angekommen, schien mir die Luft frischer.
Ich atmete durch,
betrachtete die welkenden Rosen
und die Sträucher mit grünen Brombeeren.
Schmetterlinge flatterten dazwischen umher.

Ich kletterte bis zum obersten Felsen.
Dort hielt ich an und sah mich um.
Im Tal glänzte der Fluss.
Dort stand das Haus meines Vaters,
die alte Brücke, die Spinnerei.
Dort arbeitete auch Berta Vögtlin.
Ach, die!
Ich wollte nichts von ihr wissen.

Meine Vater-Stadt sah vertraut zu mir herauf:
die Gärten, die Spielplätze,
die goldenen Zahlen der Uhr am Kirchturm.
Alles war wie immer.
Nur ich selber war anders geworden.
Ich kannte mich selbst nicht mehr.

In dieser Stadt war ich aufgewachsen.
Hier war mir alles vertraut.
Aber meine Sehnsucht trieb mich
aus der engen Stadt hinaus.

Ich dachte an all das,
was mein Vater mir beigebracht hatte.
Und was ich an klugen Worten gelesen hatte.
Und da wusste ich:
Es ist gut, ein Mann zu werden.
Es ist gut, selbst zu bestimmen, was man tut.

Ich dachte an Berta Vögtlin und fühlte mich
nicht mehr so unsicher.
Mag sein:
Sie war hübsch und mochte mich.
Aber ich wusste jetzt auch:
Sie war nicht die Art Mädchen, auf die ich wartete.
Und: Mein Glück wollte ich mir selber erlangen.
Es sollte mir nicht einfach ohne mein Zutun
von einem Mädchen geschenkt werden.

Bald war Mittag.
Ich hatte keine Lust mehr auf das Klettern.
Also nahm ich den Fußweg zurück zur Stadt.
Nachdenklich stieg ich hinunter.
Ich kam an der Mauer vom Friedhof vorbei.
Das Tor stand offen.
Drinnen plätscherte ein Brunnen.
Gleich neben dem Friedhof lag
der Festplatz der Stadt.
Er war mit mächtigen Bäumen bepflanzt.
Hier feierten, lachten und tranken die Menschen.
Zum Beispiel beim Maifest.
Jetzt war dort alles still.

Unten im Tal, auf der Straße am Fluss,
brannte die Mittags-Hitze.
Die Bäume hatten schon gelbe Blätter.
Ich schaute nach den Fischen im Fluss.
Nachher wollte ich zum Angeln zurückkommen.
Ich ging weiter durch die Hitze.
Erst im kühlen Flur unseres Hauses atmete ich auf.

Bei Tisch sagte mein Vater:
„Ich glaube, es wird heute wieder
ein Gewitter geben."

Ich sagte:
„Es ist aber kein Wölkchen am Himmel."

Er lächelte und sagte:
„Die Luft ist drückend. Fühlst du das nicht?“

Es war wirklich sehr schwül.
Ich war müde und setzte mich auf die Veranda.
Die Luft wurde immer drückender.
Um zwei Uhr ging ich ins Haus.
Ich holte meine Angel-Sachen.
Ich prüfte die Schnüre und Haken und freute mich:
Die alte Leidenschaft der Jagd war noch da.

Ich trug meinen Fisch-Eimer zum Fluss,
bis zum unteren Steg.
In der Nähe war die Spinnerei.
Dort summten die Maschinen.
Irgendwo kreischte eine Säge.
Kein Mensch war auf der Gasse.

Ein paar Fische fing ich schon
nach wenigen Minuten.
Dann hing ein schwerer Fisch an meiner Angel.
Aber er riss mir die Schnur ab.
Plötzlich wurden die Fische unruhig.
Sie versteckten sich im Schlamm.
Oder sie schwammen aufgeregt fort.
Das machen sie nur, wenn sich das Wetter ändert.
Aber die Luft war still.
Und der Himmel war klar.

Ich überlegte:
Was hatte die Fische vertrieben?
Vielleicht ein schlechtes Abwasser?

Ich wechselte den Platz und ging
an den Kanal der Spinnerei.
Am Fenster der Spinnerei tauchte Berta auf.
Sie winkte mir zu.
Ich tat so, als würde ich sie nicht sehen.
Das Mädchen rief meinen Namen.
Aber ich starrte regungslos ins Wasser.

Mit dem Angeln hatte ich auch hier kein Glück.
Die Fische flitzten hin und her.
Und sie bissen nicht an.
Ich war schläfrig von der Wärme
und wünschte den Abend herbei.
Aber ich blieb sitzen.
Ich konnte die Angel-Schnur nicht aufwickeln.
Ich war zu müde.

Eine halbe Stunde lang döste ich.
Dann schreckte ich auf.
Plötzlich fühlte ich mich bedrückt.
Mir war schwindlig.
Hatte ich einen Sonnen-Stich?
Das Wasser roch stärker.
Mir wurde übel, und ich schwitzte.

Ich zog die Angel-Schnur aus dem Wasser.
Dann stand ich auf.
Da sah ich es:
Auf dem Platz wirbelten Wölkchen von Staub hoch.
Weit oben flogen Vögel davon.
Die Luft im Tal wurde weiß,
wie in einem Schnee-Sturm.
Ein kühler Wind riss mir die Mütze vom Kopf.
Er traf mich wie mit Fäusten.

Die weiße Luft war plötzlich da.
Und sie war kalt und schmerzhaft.
Das Wasser im Kanal schäumte auf.
Die Angel-Schnur war fort.
Erde, Sand und Holz-Stücke flogen herum.

Was war los?
Ich verstand nichts mehr.
Ich fühlte: Gefahr droht.
Schnell sprang ich in einen Schuppen.
Dort hielt ich mich an einem eisernen Pfosten fest.
Atemlos vor Angst.
Nun begriff ich:
Ein Sturm tobte.
Der größte Sturm, den ich jemals gesehen hatte.
Dicke Hagel-Körner stürzten herab.
Der Lärm von Hagel und Wind war furchtbar.
Das Wasser im Kanal stieg und fiel.

Bretter, Dach-Ziegel und Zweige
flogen durch die Luft.
Steine, Balken und Dachrinnen fielen herab.
Glas splitterte.

Der Hof war von Hagel-Körnern bedeckt.
Jetzt lief ein Mensch über den Hof zum Schuppen
Ganz schräg gegen den Sturm.
Die Gestalt kam auf mich zu.
Ein bekanntes Gesicht mit
großen und liebevollen Augen.
Ein Lächeln dicht vor mir.
Ein stiller, warmer Mund.

Der Mund suchte meinen Mund.
Und er küsste mich lange und atemlos.
Hände an meinem Hals, blondes Haar
an meinen Wangen.
Draußen der Hagel-Sturm,
hier drinnen der Liebes-Sturm.
Der Liebes-Sturm erschütterte mich tiefer
als der Hagel-Sturm.

Berta und ich saßen auf einem Bretter-Stapel.
Ich streichelte ihr Haar.
Scheu, verwundert.
Ich küsste ihren starken, vollen Mund.
Ich legte meinen Kopf in ihren Schoß.

Sie strich mit ihren zarten Händen
über mein Gesicht und mein Haar.

Als ich die Augen öffnete, sah ich das Blut.
Ein schmaler Streifen, der von ihren Haaren
über das Gesicht zum Hals lief.

„Was ist? Was ist denn geschehen?“,
rief ich voller Angst.
Sie lächelte schwach und sagte:
„Ich glaube, die Welt geht unter.“
„Du blutest“, sagte ich.
Sie antwortete:
„Das ist vom Hagel. Lass nur. Hast du Angst?“
„Nein“, sagte ich. „Aber du?“
Sie: „Ich habe keine Angst.
Ach, jetzt fällt die ganze Stadt zusammen.
Hast du mich denn gar nicht lieb?“

Ich schwieg und schaute in ihre
großen, klaren Augen.
Sie waren traurig und voll Liebe.

Berta senkte ihre Augen auf meine Augen,
ihren Mund auf meinen Mund.
Hellrotes Blut lief am linken Auge vorbei
über die weiße Haut.
Ich spürte: Gleich kann ich nicht mehr klar denken.

Gleich werde ich zu Berta hingezogen.
Obwohl ich es nicht will.

Ich richtete mich auf.
Berta sah mich an.
Sie sah, dass ich Mitleid mit ihr hatte.
Ich streckte meine Hand nach ihr aus.
Sie legte ihr Gesicht in meine Hand.
Sie weinte.

Ich dachte:
Wenn das nun eine andere wäre!
Eine, die ich wirklich liebe!
Wie gerne würde ich sie küssen.
Aber wie deutlich spürte ich nun,
dass es nicht die Richtige war.

Ich beruhigte mich.
Und ich schämte mich.
Berta tat mir leid.

Plötzlich wurde es wieder hell,
der blaue Himmel kam hervor.
Der Lärm des Sturms hörte auf,
wie mit einem Messer abgeschnitten.
Eine merkwürdige Stille umgab uns.
Ich verließ den Schuppen.
Der Schuppen war wie eine Höhle.

Ich wunderte mich, dass ich noch lebte.
Der Hof sah schlimm aus:
Die Erde war zerwühlt.
Überall lagen Haufen von Hagel-Körnern.
Mein Angelzeug war fort.
Auch der Fisch-Eimer war verschwunden.

Ich hörte Stimmen.
Sie kamen von der Spinnerei.
Menschen drängten aus den Türen.

Ich vergaß Berta und alles, was eben gewesen war.
Denn ich war neugierig.
Ich wollte sehen, was der Sturm angerichtet hatte.
Alle Fenster der Spinnerei waren zerschlagen.
Viele Dach-Ziegel waren herabgefallen.

Ich war erleichtert, denn die Häuser standen noch.
Die Welt war natürlich nicht untergegangen.
Aber ich war auch seltsam enttäuscht.
Denn ich hatte größere Schäden erwartet.

Ich ging in eine Gasse.
Dort sah es wieder schlimmer aus:
zerbrochene Läden an den Fenstern,
herabgefallene Schorn-Steine,
eingerissene Dächer.
Steine und Äste versperrten den Weg.

Gartenzäune lagen am Boden.
Kinder wurden vermisst und gesucht.
Jemand sagte:
„Auf den Feldern hat der Hagel
Menschen erschlagen."

Ich war sehr aufgeregt und konnte nicht
nach Hause gehen.
Ich dachte nicht daran,
dass meine Eltern sich Sorgen machten.
Es war mir ja nichts geschehen.
Daher ging ich zu meinem Lieblingsort.
Das war der Festplatz beim Friedhof.

Unterwegs sah ich zum Kirchturm hin.
Er stand noch heil und ganz.
Auch das Wirtshaus in der Nähe
hatte keine Schäden.
Trotzdem sah es irgendwie anders aus.
Dann merkte ich:
Die beiden hohen Bäume davor
waren nicht mehr da.
Der gewohnte Anblick war zerstört.

Da hatte ich eine böse Vermutung:
Was ist noch zerstört?
Auf einmal fühlte ich,
wie sehr ich meine Heimat liebte:

die Dächer und Türme,
Brücken und Gassen,
Bäume, Gärten und Wälder.
Voll Sorge lief ich zum Festplatz.

Dort stand ich still.

Der Platz war völlig verwüstet.
Die riesigen alten Bäume waren
mit den Wurzeln ausgerissen.
Große Löcher waren im Boden.
Es war furchtbar.
Baum lag neben Baum.
Der weite Platz war ein riesiger Trümmer-Haufen.
Äste, gespaltene Stämme, Wurzeln
und Erd-Klumpen lagen durcheinander.
Bei einigen Bäumen war die Krone verschwunden.
Der nackte, kahle Stamm stand einsam da.
Die Trümmer lagen so hoch wie ein Haus.

Den schattigen Platz aus meiner Kinder-Zeit
gab es nicht mehr.
Ich fühlte mich wie diese Bäume.
Ich fühlte mich, als ob ich ausgerissen wurde.
Mit allen meinen Wurzeln.

Tagelang ging ich im Wald umher.
Alle Kletter-Bäume aus meiner Kinder-Zeit

waren umgestürzt.
Keinen Weg im Wald erkannte ich wieder.
Zwischen mir und meiner Kindheit
gab es jetzt einen tiefen Graben.
Meine Heimat war anders geworden.
Die Jahre der Kindheit lösten sich auf.

Bald darauf verließ ich die Stadt,
um ein Mann zu werden.

Kinderseele

Was wir im Leben tun, ist gut oder schlecht.
Wenn es gut ist, vergessen wir es oft.
Wenn es schlecht ist, bedrückt es uns lange.
Ich erzähle von einer schlechten Tat.
Aus meiner Kindheit.
Sie bedrückt mich noch immer.

Mein Vater-Haus war groß und hell.
Es stand an einer hellen Straße.
Hinter dem Eingangs-Tor lag eine düstere Halle.
Die Halle roch nach Stein.
Immer war es dort kühl.
Die Halle wirkte auch ernst.
So ernst wie mein Vater.

Am Ende der Halle kam eine Treppe.
Die Treppe führte in die hellen Wohn-Räume.
Erst dort fühlte ich mich frei.

In diese Halle trat ich eines Tages nach der Schule.
Ich war elf Jahre alt.
Diese Halle schien mich niederzudrücken.

In der Schule fühlte ich mich nicht wohl.
Ich fühlte mich klein und machtlos.
Diese blöde, stinkende Schule!

Die Jahre in der Schule schienen ohne Ende zu sein.
Ich war darüber ganz verzweifelt.
Mein Leben schien mir sinnlos.

Ich hatte auch dauernd ein schlechtes Gewissen.
Auch wenn ich gar nichts ausgefressen hatte.
Das schlechte Gewissen war einfach da.

Mit elf Jahren geht es einem wohl so.
Man möchte so gerne ein guter Mensch sein.
Aber ständig geht etwas schief.
Es klappt einfach nicht mit dem Gut-Sein.

Damals hatte ich einen Freund.
Oskar Weber.
Sein Vater war Lokomotiv-Führer.
Oskar und ich sparten zusammen Geld.
Denn wir wollten uns eine Pistole kaufen.
Sie lag im Laden von einem Eisen-Händler.

Oskar bekam oft Geld für kleine Arbeiten.
Manchmal fand er Geld auf der Straße.
Oder er fand Sachen, die er verkaufen konnte.
Zum Beispiel ein Huf-Eisen.
„Geld gibt es immer", sagte er.

Er legte sofort einen Zehner in unsere Kasse.
Das war eine leere Holz-Schachtel.

Ich mochte Oskar.
Und ich bewunderte ihn, weil er so frech war.
Ich fand toll, was er machte.
Oskar kannte ganz andere Menschen als ich.
Kaufleute, Knechte,
junge Frauen, die in der Fabrik arbeiteten.
Ich beneidete Oskar.
Denn er war selbstbewusst.
Oskar lachte über Witze, die ich nicht verstand.

Oskar wirkte männlich.
Ich sehnte mich nach Oskars Leben.

Was war Oskars Geheimnis?
Ich hatte so eine Ahnung: Er war erwachsener.
Er lebte in der echten Welt.
Nicht so behütet wie ich.
Und ich?
Ich träumte nur.
Ich war allein und unsicher.
Das Leben war langweilig.
Jeder Tag war anstrengend.
Ich war ehrgeizig und wollte etwas leisten.
Ich lernte fleißig in der Schule.
Ich war brav und wollte Gutes tun.
Aber: Ich hatte niemals Erfolg.
Lehrer und Eltern verachteten uns Knaben.
Sie nahmen uns nie ernst.

Wir Knaben erreichten niemals unsere Ziele.
Zum Beispiel: Ich wollte nicht mehr
über dumme Witze lachen.
Aber dann passierte es doch wieder.
Warum war das so?
Und warum machte ich so viele Fehler?

Manchmal fühlte ich mich gut, manchmal schlecht.
Ich war sehr unsicher und hatte wenig Mut.
Und immer war die Angst da.
Angst vor Strafe.
Angst vor dem schlechten Gewissen.

So stieg ich also nach der Schule
die Treppe zu den Wohnräumen hinauf.
Mir war nicht gut.
Ich wollte allein sein, ich wollte mich verstecken.
Ich betrat den Flur und dann das Wohnzimmer.
Ich spürte:
Heute ist einer von den schwierigen Tagen.
Heute passiert etwas Schlimmes. Aber was?

Sollte ich so tun, als ob ich krank bin?
Sollte ich mich ins Bett legen? Mit einer Tasse Tee?
Und erst mal abwarten?

Ich suchte meine Mutter.
Sie konnte mich immer schnell trösten.

Aber sie war nicht im Wohnzimmer,
nicht in der Küche.
Ich beschloss, zu meinem Vater zu gehen.
Nach oben, in sein Arbeits-Zimmer.
Mein Vater war ein strenger Mann.
Er tröstete mich selten.
Aber sein Trost war sehr wertvoll für mich.
Gerade weil er so selten war.

Ich stieg die schmale Treppe
zum Arbeits-Zimmer hinauf.
Hier herrschte mein Vater.
Hier spürte ich seine Macht.

Das Arbeits-Zimmer roch nach Büchern
und nach Tinte.
Der Vater war nicht da.
Trotzdem war ich leise.
Mein Herz klopfte.
Denn ich war ein Eindringling.

Schon mehrmals war ich hier gewesen,
wenn mein Vater nicht da war.
Einmal hatte ich irgendetwas weggenommen.
Daran dachte ich jetzt.
Und sofort wusste ich:
Heute wird ein Unglück passieren.
Heute werde ich etwas Böses tun.

Ich dachte auch: Schnell weg!
Aber ich lief nicht weg.
Ich wünschte mir:
Mein Vater soll jetzt hereinkommen
und mich schimpfen.
Aber er kam nicht herein.
Auch im Nebenzimmer war er nicht.

Ich hustete und rief leise: „Papa!“
Alles blieb still.
Nur der Vorhang bewegte sich im Wind.
Ich wusste nicht, was ich tun sollte.

Ich schlich ins Nebenzimmer.
Dort stand ein schmales Bett.
Hier lag mein Vater, wenn er Kopfweh hatte:
still, ein nasses Tuch auf der Stirn.
Die Luft roch wie mein Vater.

Ich zog eine Schublade auf.
Darin lag eine Dose mit kleinen Bonbons.
Ich steckte einige in den Mund.
Sie schmeckten nach Lakritz.

Nun wollte ich gehen.
Ich sah noch schnell in eine andere Schublade.
Dort erblickte ich einen Kranz
mit getrockneten Feigen.

Der Kranz war schwer.
Wieso hatte mein Vater diese Leckerei
bei sich im Arbeits-Zimmer?
Ich aß eine Feige.
Mein Herz raste.
Ich hatte Angst.

Ich nahm noch einige Feigen
und steckte sie in meine Hosentaschen.
Die übrigen verteilte ich locker auf dem Ring,
damit nicht auffiel, dass einige fehlten.

Dann lief ich schnell hinunter in mein Zimmer.
Die Feigen versteckte ich hinter Büchern.
Jetzt ertönte eine Glocke.
Die Glocke war das Zeichen zum Mittag-Essen.

Ich ging ins Speise-Zimmer.
Es gab Suppe mit Fleisch und Gemüse.
Aber ich konnte nichts essen.
Meine Schwestern und meine Eltern
hatten gute Laune.
Doch ich fühlte mich wie ein Verbrecher.
Nun war das Unglück da!
Ich musste die Feigen loswerden.
Ich beschloss:
Ich werfe sie weg.
Oder ich verschenke sie in der Schule.

Mein Vater sagte:
„Du siehst schlecht aus. Fehlt dir etwas?“

Ich antwortete: „Ich habe Kopfweh.“
Das war gelogen.

Meine Mutter schaute mich an. Schweigend.
Ich aß tapfer die Suppe.
Dann stand ich auf.
Meine Mutter legte mir die Hand auf die Stirn.
Kein Fieber.
Aber ich fühlte mich elend.

Ich ging in mein Zimmer und dachte nach.
Es stimmte: Der Tag war ein Unglückstag.
Der schlimmste Tag meines Lebens.
Ich wollte am liebsten sterben.
Gift nehmen oder mich erhängen.

Was sollte ich jetzt tun?
Ich holte die Feigen aus dem Versteck.
Ich aß einige davon und dachte nach.
Mein Blick fiel auf die Holz-Schachtel.
Die Spar-Kasse von Oskar Weber und mir.
Ich hatte sie zugenagelt.
Dann hatte ich mit dem Taschenmesser
einen Schlitz hineingeschnitten.
Aber auch das war mir nicht gut gelungen.

Ich war ein Versager,
ich konnte nichts richtig machen.
Ich, ein Dieb.

In der Schachtel klapperte der Zehner.
Die Münze von Oskar.
Sonst nichts.
Kein Geld von mir.
Auch das Sparen klappte also nicht.
„Zum Teufel damit“, dachte ich.

In einer Stunde war Nachmittags-Unterricht.
Turnen.
Manchmal lief ich nach dem Essen
auf den Schulplatz.
Ein paar Kameraden waren immer da.
Wir spielten, bis der Unterricht begann.
Aber heute? Heute war alles anders.

In meinen Gedanken war ich ein Verbrecher.
In meinen Gedanken sah ich es genau vor mir:
Wie ich unser Haus anzünde.
Wie ich die ganze Stadt verbrenne.
Wie ich meinen Vater ermorde.
Alles in Gedanken.

Dann werde ich verhaftet.
In Handschellen durch die Straßen geführt.

Die Leute bespucken und verfluchen mich.
Aber ich lächle und schweige.
Stolz und aufrecht.

Sie werden mich hinrichten.
Und nach meinem Tod stehe ich vor Gott.
Gott ist der Richter.
Doch ich werde mich nicht entschuldigen.
Ich werde nichts bereuen.

Gott wird fragen:
„Hast du diese Verbrechen begangen?“
Ich werde sagen:
„Ja, das habe ich.
Und noch mehr Verbrechen.
Und es war richtig so.
Ich werde es wieder tun!
Weil es mir Spaß macht.
Weil ich dich ärgern will.
Du verlangst zu viel.
Niemand kann so gut sein, wie du es verlangst.“

Das alles dachte ich.
Ich fühlte mich stark, denn ich war wütend.
Aber ich war trotzdem unsicher.

Plötzlich hörte ich die Schul-Glocke schlagen:
zwei Uhr.

Die Turn-Stunde begann.
Und ich war noch zu Hause!
Dafür gab es Strafe.

Jetzt war ich hellwach.
Meine Träume waren verflogen.
Ich dachte an meinen Vater.
Was machte er gerade?
Vielleicht hatte er den Diebstahl schon entdeckt.
Nur ich konnte der Dieb sein.
Nicht meine Schwestern.
Die taten so etwas nicht.

Vielleicht war mein Vater schon auf dem Weg.
Ich musste fliehen!

Und ich floh wirklich.
Durch die hintere Haustür und den Garten.
Die Wiesen lagen in der hellen Sonne.
Falter flogen über den Weg.
Alles war schön und fröhlich:
die Stadt, der Kirchturm, die Wiesen, die Falter.
Aber für mich war es fremd und traurig.
Nichts machte mir Freude.
Denn ich hatte ein schlechtes Gewissen.

Ich lief über die Wiesen hoch bis zum Wald.
Dann hinunter ins Tal und wieder hinauf.

Ich kannte die Gegend:
Hier spielten wir Indianer.
Hier suchten wir Ostereier.
Hier bauten wir eine Burg.

Das waren Erinnerungen aus früheren Tagen.
War ich wirklich dieses Kind gewesen?
So lustig, so zufrieden, so dankbar, so glücklich?
Warum war ich jetzt so böse?
So voller Angst?

Ich lief und lief.
Der Schweiß tropfte mir von der Stirn.
Ich lief vor meiner Schuld weg.

Endlich machte ich Halt.
Ich legte mich ins Gras.
Unten im Tal sah ich die Stadt, den Fluss,
die Turnhalle.
Jetzt war gerade die Turnstunde vorbei.

Ich sah auch das Dach unseres Hauses.
Dort war das Zimmer meines Vaters.
Die Schublade.
Die Feigen. Einige Feigen fehlten.

Dort war mein Zimmer.
Was geschah, wenn ich nicht zurückkam?

Aber Kinder kommen immer zurück.
Kinder können nicht fort.

Und wenn ich einen Unfall hatte?
Wenn ich im Fluss ertrank?
Wenn ich unter die Eisenbahn fiel?
Dann war alles anders.
Dann erschraken meine Eltern und weinten.

Ich könnte mich auch umbringen.
Dann wären meine Eltern unendlich traurig.
Aber vielleicht hatten sie den Diebstahl
schon entdeckt.
Dann waren sie jetzt wütend.

Ich konnte nicht länger liegenbleiben.
Ich lief zurück.
Ich kam an der Bank vorbei, wo mein Vater mir
ein Taschenmesser geschenkt hatte.
Ich probierte das Messer damals sofort aus.
Von einem Busch schnitt ich einen Zweig ab.
Aber ich war unvorsichtig und zerbrach die Klinge.
Doch mein Vater schimpfte nicht.
Er sagte nur: „Wie schade, du armer Kerl."
Dafür liebte ich ihn.

Und jetzt?
Jetzt war ich ein Ungeheuer.

Denn ich hatte meinen Vater belogen
und bestohlen.

Es wurde langsam dunkel.
Es war noch weit bis nach Hause.
Da hörte ich meinen Namen.
Es war Oskar Weber. Ausgerechnet!
Er sagte:
„Der Lehrer hat nicht bemerkt, dass du gefehlt hast.
Wo warst du?“

„Ach, nirgends“, sagte ich. „Mir war nicht gut.“
Ich erzählte Oskar nichts von meinen Nöten.
Darüber wurde Oskar ärgerlich.
„Lass mich in Ruhe“, sagte ich kalt.
„Ich gehe allein heim.“

„So?“, rief er. „Du dummer Kerl! Ich auch.
Aber dann sag mir jetzt sofort:
Was ist mit unserer Spar-Kasse?
Ich habe einen Zehner hineingetan.
Du hast nichts hineingetan.“

„Deinen Zehner kannst du wiederhaben“, rief ich.
„Nimm ihn jetzt zurück.
Danach will ich dich nicht mehr sehen.
Du bist nur ein dummer Kerl!
Ich nehme auch nichts mehr von dir.“

Oskar grinste:
„Neulich war das anders.
Du hast den Zehner gern genommen."

Das stimmte.
Aber ich wollte diesen Vorwurf nicht hören.
Nicht von Oskar.
Er sollte meinen Ärger spüren.
In diesem Moment war er für mich
nur ein Gassen-Junge.
Ich glaubte, etwas Besseres zu sein.

Darum sagte ich:
„Du darfst nicht mehr mit meinen Sachen spielen."

Wir stritten immer heftiger.
Er drohte mir:
„Ich verpetze dich beim Turn-Lehrer."
Schließlich begannen wir, uns zu prügeln.
Leute blieben stehen und sahen uns zu.
Oskar war stärker.
Aber ich war flinker.
Wir traten und würgten einander.
Und wir hörten nicht auf, einander zu beleidigen.
Meine Schimpf-Worte waren
besser und böser als seine.
Er sagte: „Hund."
Ich sagte: „Sauhund."

Er sagte: „Schuft."
Ich sagte: „Satan."

Noch nie hatte ich so hart gekämpft.
Tränen liefen mir aus den Augen.
Blut lief mir über den Mund.

Wie endete der Kampf?
Ich weiß es nicht mehr.
Irgendwann war ich allein.
Mit zerrissener Kleidung.
Mit Blut an der Hand.
Mit Schmerzen im Knie.
Ich lief um eine Straßen-Ecke.
Dort war unser Haus.
Ich war gerettet.
Müde trat ich ein.

Drinnen roch es kühl und feucht.
Aber es roch auch nach der Strenge des Vaters.
Ich war ein Dieb, ein Verbrecher.
Ich war schuldig.
Und mein Vater war das Gericht.

Ich hatte Angst hinaufzugehen.
Aber ich dachte: Es muss sein.
Ich fühlte mich einsam.
Ich atmete tief ein und aus.

Dann betrat ich die Wohnung.
Und das Ess-Zimmer.

Alle saßen am Tisch.
Das Essen war vorbei.
Es war acht Uhr.
Meine Mutter rief: „Gott sei Dank! Da bist du."
Sie erschrak, denn ich war schmutzig.
Meine Kleider waren zerrissen.
Mein Vater schwieg.
Ich sah ihn nicht an.
Aber ich spürte, dass er zornig war.

Meine Mutter kümmerte sich um mich:
Sie klebte Pflaster auf meine Wunden.
Und sie gab mir etwas zu essen.

Als ich im Bett lag, fragte meine Mutter:
„Was ist passiert?"
Ich erzählte ihr von dem Streit mit Oskar.
Und von der Prügelei.
Mutter schimpfte nicht.
Deswegen glaubte ich:
Sie weiß nichts vom Diebstahl.
Auch der Vater weiß wohl nichts vom Diebstahl.

Seltsam: Ich war enttäuscht.
Warum?

Ich hatte mit einer Strafe gerechnet:
Schläge, Zimmer-Arrest, kein Essen.
Stattdessen gab es:
Liebe, Nachsicht, kein Schimpfen.
Ich tat meinen Eltern leid.

Ich überlegte:
Wenn meine Eltern den Diebstahl bemerken?
Was dann?
Bringen sie mich dann zur Polizei?
Muss ich in eine Besserungs-Anstalt?
Wo ich sehr hart arbeiten muss?
Wo mich Aufseher mit dem Stock schlagen?

Werden meine Eltern den Diebstahl bemerken?
Das befürchtete ich.

Wenn sie ihn nicht bemerken:
Dann war meine ganze Angst umsonst.
Ich fasste einen Vorsatz:
Dann fange ich ein neues Leben an.
Dann will ich Gott danken.
Dann will ich keine Sünden mehr begehen.
Das war mein fester Vorsatz.
Die ganze Nacht schlief ich sorglos.

Am nächsten Tag war Sonntag.
Der Sonntag-Morgen war eine gute Sache.

Ausschlafen. Keine Schule.
Ein gutes Mittagessen. Viel freie Zeit.

Was nicht so schön war: in die Kirche gehen.
Spazieren gehen mit der Familie.
Streit mit den Schwestern.

Aber ich war zuversichtlich.
Denn der schlimme Tag gestern war vorbei.
Ich hatte für meine schlimme Tat gelitten.
Ab nun wollte ich immer freundlich
und ein guter Mensch sein.
Ich war auch nicht mehr wütend auf Oskar Weber.

Beim Frühstück waren wir alle vergnügt.
Danach gingen wir in die Kirche.
Ich mochte den hohen, feierlichen Raum der Kirche.
Die bunten Fenster. Die Orgel.
Dann kam die Predigt.
Sie war wieder viel zu lang.

Schließlich war die Predigt vorbei.
Die Gemeinde sang laut ein Lied.
Dann ging ich mit den anderen hinaus ins Freie.
In zwei Stunden erst gab es Mittagessen.
Das war die schönste Zeit am Sonntag.
Ich war frei.
Ich konnte herumgehen. Oder ein Buch lesen.

Ich konnte mich auf das gute Essen freuen.
Die Welt war in Ordnung.

Ich war in meinem Zimmer.
Die Sonne schien herein.
Da ging die Tür auf. Ich drehte mich um.
Da stand mein Vater. Er war blass.

Ich sah es ihm an:
Er wusste von dem Diebstahl.
Alles war anders, nichts war gut.
Nichts war vergessen.
Der Sonntag-Morgen war zerstört.

Ich starrte den Vater an. Ich hasste ihn.
Warum war er nicht gestern gekommen?
Da hätte es gepasst.
Jetzt war ich nicht vorbereitet.
Der Vater ging zu meinem Bücher-Schrank.
Er griff hinter die Bücher.
Zog einige Feigen hervor.
Stumm sah er mich an.
Ich konnte nichts sagen.
Lange war es still.

„Was ist denn?", fragte ich schließlich.
„Woher hast du die Feigen?", fragte er.
Ich hasste seine leise Stimme.

Die Lügen kamen wie von selbst aus meinem Mund:
„Ich habe die Feigen gekauft. Einen ganzen Kranz.
Das Geld habe ich gespart.
Zusammen mit meinem Freund Oskar.
Hier ist unsere Kasse.
Jetzt ist nur noch ein Zehner drin.
Weil wir die Feigen gekauft haben."

Mein Vater: „Wie viel haben die Feigen gekostet?"
Ich: „Eine Mark und sechzig."
Mein Vater: „Und wo hast du sie gekauft?"
Ich: „Beim Konditor."
Mein Vater: „Bei welchem?"
Ich: „Bei Haager."
Es gab eine Pause. Mir war ganz kalt.

Mein Vater: „Ist das wahr?"
Ich: „Ja. Mein Freund Weber ist im Laden gewesen.
Ich habe ihn nur begleitet.
Das meiste Geld war von ihm.
Von mir nur wenig."
Vater: „Nimm deine Mütze.
Wir wollen zum Konditor Haager gehen."

Da fiel mir etwas ein: „Heute ist Sonntag.
Da hat der Haager gar nicht auf."
Mein Vater: „Dann gehen wir zu ihm in die
Wohnung. Komm."

Wir gingen los.
Ich versuchte, harmlos auszusehen.
Aber alle Leute sahen:
Da wird ein Verbrecher abgeführt.

Ich lächelte.
Aber ich wusste: Es sieht unecht aus.
Obwohl ich es nicht wollte, ging ich weiter.
Ich dachte nichts mehr.
Ich ging nur weiter.

Nach einer Weile kamen wir zum Haus von Haager.
Ich blieb stehen.
„Was ist?“, sagte mein Vater.
„Ich gehe nicht hinein“, sagte ich leise.
Er sah zu mir herab.
„Hast du die Feigen nicht bei Haager gekauft?“
Ich schüttelte den Kopf.
„Ach so“, sagte er, „dann können wir ja wieder
nach Hause gehen.“

Auf dem Heimweg grüßten viele Leute
meinen Vater.
Er schimpfte mich nicht.
Ich hätte lieber einen Schlag mit dem Stock gehabt.
Nur nicht diese Ruhe.
Nur nicht diese Gerechtigkeit.
Ich wollte meinen Vater verachten.

Damit ich selber Recht hatte.
Das ging aber nicht.
Denn ich war klein und armselig.
Und er war ruhig und gerecht.

Dann war ich wieder in meinem Zimmer.
Mein Vater sagte kühl:
„Warum hast du versucht, mich zu belügen?
Wozu dieser Unsinn?
Hältst du mich für dumm?"
Ich biss die Zähne zusammen und schwieg.
Er wartete.
Er war nervös. Das spürte ich.

Ich dachte nach.
Ich fand: Mein Vater ist auch ein bisschen schuld.
Warum war er gestern nicht da,
als ich in sein Zimmer ging?
Dann hätte ich nichts gestohlen.
Und ich hatte es doch bereut.
Den ganzen Tag hatte ich doch darunter gelitten.
Ich wollte sogar sterben.

Und heute?
Heute dachte ich doch, dass alles gut ist.
Deswegen war ich trotzig.
Deswegen wehrte ich mich gegen meinen Vater.
Deswegen belog ich ihn.

Trotzdem war ich jetzt traurig über alles.
Aber ich schwieg weiter.
Ich konnte es nicht erklären.
Mein Vater redete weiter:
Er redete klug.
Denn er bat mich, ein besserer Mensch zu werden.
Aber er redete vergeblich.

Er fragte: „Hast du die Feigen gestohlen?"
Ich nickte.
Er fragte: „Tut es dir leid?"
Ich nickte nur schwach.
Natürlich tat es mir leid.
Konnte er das nicht sehen?

Zum ersten Mal spürte ich:
Zwei verwandte Menschen
verstehen einander nicht.
Ein Sohn und ein Vater.
Sie sind eigentlich voller Liebe.
Aber sie quälen einander.
Wie war das möglich?
Es war unsinnig.
Aber es war so.

Mein Vater sperrte mich ein.
Bis zum Sonntag-Abend. In der Dachkammer.
Aber das war nicht so schlimm.

Denn ich fand dort eine verstaubte Kiste.
Mit vielen alten Büchern.
Einige Bücher waren nichts für Kinder.
Ich las dort oben bis zum Abend.

Es war der Abend von einem traurigen Sonntag.
Endlich war es Zeit zu schlafen.
Mein Vater kam in mein Zimmer
und sprach kurz mit mir.
Da wusste ich:
Jetzt hat mein Vater mir ganz verziehen.
Jetzt ist alles wieder gut.

Unterbrochene Schulstunde

Es war kurz nach den Ferien.
Ich ging in die Latein-Schule.
Wir Schüler arbeiteten still an einer Aufgabe.

Unser Lehrer hatte die Zeugnis-Hefte eingesammelt.
Unsere Väter hatten die Zeugnisse unterschrieben.
Der Lehrer prüfte nun die Unterschriften.
Er war ungefähr vierzig Jahre alt.
Wir fanden: Das ist sehr alt!

Seine Frau war vor einiger Zeit gestorben.
Jetzt lebte er allein mit seinem kleinen Sohn.
Ich glaube: Der Mann war unglücklich und einsam.

Wir Jungen achteten ihn.
Aber wir fürchteten ihn auch.
Wenn er sich ärgerte, wurde er richtig wild.
Der Lehrer saß auf seinem Stuhl
wie auf einem Thron.
Es war ganz still im Klassenzimmer.
Wir liebten das Klassenzimmer nicht.
Es roch nach Tinte, nach Jungen
und nach Leder von Schuhen.

Selten gab es ein Geräusch.
Mal fiel ein Buch auf den Boden.

Mal flüsterten Jungen.
Mal musste ein Junge leise lachen.

Bei jedem Geräusch blickte der Lehrer
warnend hoch.
Oder er drohte mit dem Finger.
Manchmal auch mit einem strengen Wort.
Die Stimmung in der Klasse war angespannt.
So als ob alle darauf warteten, dass etwas passiert.

Wir Jungen mochten es nicht, so lange still
an einer schriftlichen Aufgabe zu sitzen.
Jede Unterbrechung wäre uns recht.
Auch wenn die Unterbrechung unangenehm wäre.

Was für eine Arbeit schrieben wir?
Ich weiß es nicht mehr. Es war nicht Griechisch.
Denn Griechisch lernten nur fünf Jungen.
Auch ich.
Jetzt aber saß die ganze Klasse an der Arbeit.

Ich dachte: Wir fünf sind etwas Besseres.
Denn wir lernen Griechisch.
Deswegen sind wir Humanisten.
Humanisten werden Pfarrer oder Lehrer.
Sie werden nicht Kaufmann oder Handwerker.
Dafür saßen wir in vielen Extra-Stunden
zu fünft beim Lehrer.

Der Lehrer erwartete von uns,
dass wir fleißig und gerne lernten.
Das war sehr anstrengend.
Aber wir waren auch stolz darauf.

In ein paar Jahren stand uns eine Prüfung bevor:
das Land-Examen.
Wer das Examen nicht besteht, kann nicht studieren.

Wir wussten: Einige bestehen das Examen nicht.
Dann sind sie wieder normale Schüler
wie alle anderen. Keine Humanisten mehr.
Dafür schämen sie sich.
Es ist peinlich und bitter für sie.

Also lernten wir fleißig.
Wir wollten ja gut sein.
Besser als die anderen Schüler.
Und auch der Lehrer gab sich viel Mühe mit uns.
Er wollte, dass wir lernen
und die beste Bildung bekommen.

Das alles machte uns stolz, aber auch hochmütig.
Aber wir waren auch ganz normale Jungen.
Natürlich wollten wir lernen
und etwas Besonderes sein.
Aber ein freier Nachmittag war auch uns
lieber als eine Stunde Unterricht.

Jetzt aber saß ich in dieser langweiligen Schulstunde.
Draußen flog eine Taube vorbei.
Draußen krähte ein Hahn.
Draußen knallte die Peitsche von einem Kutscher.
Jede kleine Ablenkung war mir recht.

Ich beobachtete den Lehrer.
Ich hatte ein schlechtes Gewissen dabei.
Sein Gesicht war nicht schön, aber vornehm.
Ich beobachtete jede Regung im Gesicht des Lehrers.
So war die Stunde nicht gar so langweilig.

Der Lehrer sah in die Klasse.
„Weller", rief er.
Otto Weller saß in der letzten Bank.
Er stand mit rotem Gesicht auf.
Der Lehrer winkte ihn zu sich.

Er hielt ihm ein kleines blaues Heft vor das Gesicht.
Und er stellte ihm leise ein paar Fragen.
Weller flüsterte etwas.
Er war unruhig. Und ängstlich.
So kannten wir ihn gar nicht.
Denn er war sonst gelassen
und hatte ein dickes Fell.

Ich erinnere mich noch gut an Otto Weller.
Seine Haare waren dunkel, die Augen gutmütig.

Otto sprach Dialekt und war immer freundlich.
Ich mochte ihn, auch wenn wir nicht viel
miteinander zu tun hatten.
Er war kein Humanist und ziemlich faul.
Er saß ganz hinten in der Klasse.
Er schwatzte und kicherte viel,
nahm selten am Unterricht teil.
Er wohnte in der Nähe des Bahnhofs.
Sein Vater war Eisenbahner.

Der Lehrer schickte Otto Weller
an seinen Platz zurück.
Otto war unzufrieden. Bedrückt.
Der Lehrer stand auf.
Er hielt das kleine blaue Heft in der Hand.
Er sah sich in der Klasse um.

Dann kam er auf mich zu.
Er nahm mein Schreibheft und fragte:
„Bist du mit deiner Arbeit fertig?"
Als ich ja sagte, meinte er:
„Komm bitte mit mir vor die Tür."

Der Lehrer sagte: „Tu mir einen Gefallen.
Hier ist das Zeugnisheft von Weller.
Geh damit zu seinen Eltern.
Frage sie, ob die Unterschrift wirklich
vom Vater ist."

Ich holte meine Mütze
und machte mich auf den Weg.
Es war wie ein Wunder:
Während der langweiligsten Stunde
durfte ich spazieren gehen.
Ich war glücklich.

Draußen war das Leben.
Wind wehte.
Die Schatten der Wolken flogen
über den Markt-Platz.
Ein Bauern-Wagen mit Pferden stand da.
Handwerker waren bei der Arbeit.
Es gab eine Obst-Bude und einen Laden
mit Spielzeug.

Der Kupfer-Schmied arbeitete am offenen Fenster.
Ein freundlicher und neugieriger alter Mann.
Er sprach mich an:
„Ist denn eure Schule schon aus?“
Ich erzählte ihm von meinem Auftrag.
Er sagte: „Der Vormittag ist noch lang.
Beeil dich nicht zu sehr.“

Genau so machte ich es.
Eine Weile blieb ich auf der alten Brücke stehen.
Ich lehnte mich an das Geländer
und blickte in das Wasser hinab.

Das Wasser floss still dahin.
Ein paar kleine Fische waren darin.
Sie bewegten sich kaum.
Träge schlugen sie mit den Flossen.
Etwas weiter weg rauschte das Wasser
über eine kleine Stufe.
Das Geräusch machte mich ganz müde.
Ich träumte vor mich hin.

Die Uhr an der Kirche riss mich
aus meinen Gedanken
Ich erschrak: „Mein Auftrag!“
Da fiel mir Wellers unglückliches Gesicht
wieder ein.
Wie er mit dem Lehrer geflüstert hatte.
Wie er langsam an seinen Platz
zurückgegangen war.

Ich wusste nicht, dass auch Weller
traurig sein konnte.
Weller kannte sich aus mit Geschäften
und mit Geld.
Er war fast schon wie ein Erwachsener.
Nur heute nicht.
Das war mir neu.

Mir fiel ein Erlebnis mit Weller ein.
Wir gingen zum Schwimmbad.

Auf dem Weg sagte er mir stolz:
„Mein Vater verdient sieben Mark am Tag."
Ich wusste nicht genau: Ist das viel oder wenig?
Also sagte ich:
„Und mein Vater verdient zwölf Mark am Tag."
Die Zahl hatte ich erfunden.
Weller dachte kurz nach.
„Bei Gott, das ist nicht schlecht."
Er sprach oft wie ein Erwachsener.

Ja, ich war in der Schule der Humanist.
Klüger als Otto Weller. Besser im Unterricht.
Aber im richtigen Leben?
Da war Otto Weller mir weit voraus.
Da war er der Klügere von uns beiden.
Der so viel mehr vom Ernst des Lebens verstand.

Jetzt aber steckte dieser Weller in Schwierigkeiten.
War die Unterschrift seines Vaters
unter dem Zeugnis wirklich echt?
Ich erinnerte mich:
Im Klassenzimmer war Otto Weller bedrückt.
Also war der Verdacht mehr als ein Verdacht.

Erst jetzt verstand ich:
Otto Weller hatte eine Unterschrift gefälscht.
Das war schlimm, das war sogar kriminell.
Und doch war der Mitschüler Weller ein netter Kerl.

Ich dachte: Hoffentlich ist alles ein Irrtum.
Meine gute Laune war plötzlich weg.
Ich wollte nicht mehr während der Schulstunde spazieren gehen.

Langsam näherte ich mich dem Haus,
wo Weller wohnte.
Ich dachte: Soll ich jetzt umkehren?
Und dem Lehrer einfach sagen:
Die Unterschrift ist echt? Was dann?
Dann war ich mitschuldig.

Ich ging langsamer.
Ging an dem Haus vorbei.
Ich musste Zeit gewinnen.
Ich dachte über meine Idee nach.
Und merkte: Es fehlte mir der Mut.
Ich wollte nicht für Weller lügen.
Mir fiel eine andere Ausrede ein:
Wenn bei Wellers niemand zu Hause war?
Der Lehrer würde mir glauben.
Aber dann würde er fragen:
„Warum warst du so lange weg?“
Auch für diese Möglichkeit fehlte mir der Mut.

Betrübt ging ich endlich in das Haus hinein.
Es war kahl und unfreundlich.
Es roch nach Küchendunst und nach Seife.

Wellers wohnten im oberen Stock.
Frau Weller war da.
„Was willst du?“, fragte sie.
„Der Klassenlehrer schickt mich.
Es geht um Ottos Zeugnis.“

Sie trocknete die Hände an der Schürze ab
und führte mich in die Stube.
Dort bot sie mir einen Stuhl an.
Ich hielt schon das Zeugnis-Heft in der Hand.
„Der Lehrer möchte wissen,
ob die Unterschrift von Ottos Vater ist.“
Sie verstand mich nicht gleich.
Ich wiederholte.
Sie hielt sich das Heft vor die Augen
und starrte hinein.

Ich betrachtete sie.
Sie hatte ein offenes, freundliches Gesicht.
Otto sah ihr sehr ähnlich.
Lange Zeit starrte sie regungslos in das Heft.
Plötzlich sah ihr Gesicht ganz müde aus.
Nach ein paar Minuten sah sie mich an.
Aus ihren Augen liefen Tränen.

Ich wusste nicht, was ich tun sollte.
Ich wartete.
Sie schwieg noch immer. Und weinte.

Da fragte ich nochmals:
„Hat Herr Weller seinen Namen selbst
in das Heft geschrieben?“
Traurig schüttelte sie den Kopf.
Wir standen auf.
Ich gab ihr die Hand. Sie hielt meine Hand ganz fest.
Dann machte sie aus einer Zeitung einen Umschlag.
Einen Umschlag für das schlimme blaue Heft.
Als ob sie die schlimme Tat ihres Sohnes
verstecken wollte.

Ich kehrte in die Schule zurück.
Ich hatte keine Freude mehr an dem Spaziergang.
Unterwegs blieb ich nirgends stehen.
Dem Lehrer berichtete ich alles.
Ich hatte lange gebraucht,
aber der Lehrer schimpfte nicht.
Mir wäre es lieber gewesen, dass er schimpft.
Dann müsste ich nicht an Otto denken.

Wurde Otto bestraft? Das habe ich nie erfahren.
Ich habe ihn nie danach gefragt.

Wenn ich auf der Straße seine Mutter sah,
ging ich ihr aus dem Weg.

Das Nacht-Pfauenauge

Mein Freund Heinrich Mohr war bei uns zu Gast.
Nach seinem Abend-Spaziergang saßen wir
im Dämmerlicht in meinem Arbeitszimmer.
Gerade hatte mein kleiner Sohn uns
„Gute Nacht" gewünscht.

So sprachen wir über Kinder und Kindheit.
Ich sagte: „Seit ich Kinder habe,
habe ich alte Hobbys wieder angefangen.
Seit einem Jahr sammle ich wieder Schmetterlinge.
Willst du sie sehen?"

„Ja, bitte", sagte mein Freund Heinrich.
Ich holte zwei oder drei Papp-Kartons
mit den Schmetterlingen.

Weil es jetzt dunkel wurde,
zündete ich eine Lampe an.
Sofort leuchteten die Schmetterlinge
mit ihren schönen Farben.
Ich sagte: „Sieh mal diesen hier an.
Er ist selten."

Alle Schmetterlinge waren auf Nadeln gespießt.
Heinrich Mohr nahm vorsichtig
einen Schmetterling an der Nadel heraus.

„Merkwürdig", sagte er.
„Nichts erinnert mich so sehr an meine Kindheit
wie Schmetterlinge."
Er steckte den Schmetterling zurück
und sagte hart und schnell:
„Genug davon!"

Ich räumte die Papp-Kartons weg.
Heinrich bat mich um eine Zigarette und sagte:
„Es tut mir leid.
Ich habe deine Sammlung nicht richtig angeschaut.
Als Junge habe ich auch Schmetterlinge gesammelt.
Aber ich erinnere mich nicht gern daran.
Ich kann dir die Geschichte ja erzählen.
Aber es ist keine schöne Geschichte."

Er zündete seine Zigarette an
und drehte das Licht kleiner.
Dann setzte er sich auf die Fensterbank.
Im Dunkeln war er jetzt kaum zu erkennen.
Er erzählte seine Geschichte:

Ich war acht, als ich anfing,
Schmetterlinge zu sammeln.
Als ich zehn war, war ich ganz verrückt danach.
Es war so schlimm, dass meine Eltern
mir das Sammeln verboten. Mehrmals.
Wenn ich Falter fing, vergaß ich alles.

Oft war ich den ganzen Tag weg,
vom Morgen bis zur Nacht.
Ich vergaß sogar zu essen.

Noch heute spüre ich diese Leidenschaft,
wenn ich Schmetterlinge sehe.
Aber ich glaube: Nur Kinder können so sehr
von etwas begeistert sein.

Manchmal saß ich am Nachmittag in der Heide,
sie war trocken und duftete.
Manchmal stand ich am Morgen am Waldrand,
er war kühl und geheimnisvoll.
Immer hatte ich mein Fang-Netz dabei.

Wenn ich einen Falter sah mit farbigen Flügeln,
packte mich die Jagd-Lust.
Nie wieder spürte ich dieses Gefühl so sehr.

Meine Schmetterlinge bewahrte ich
in einem einfachen Karton auf.
Ich klebte runde Scheiben aus Kork
auf den Karton-Boden.
In die Scheiben steckte ich die Nadeln
mit den Schmetterlingen.
Meine Eltern hatten nicht genug Geld,
um mir einen schönen Sammel-Kasten
zu schenken.

Anfangs zeigte ich meine Sammlung gerne
meinen Freunden.
Aber die hatten schöne Holz-Kästen
mit Glas-Deckeln.
Mein eigener Karton war dagegen ärmlich.
Also zeigte ich meine Sammlung niemandem mehr.
Nur meinen Schwestern.

Einmal hatte ich den seltenen blauen
Schiller-Falter gefangen.
Ich war stolz darauf.
Und ich wollte ihn wenigstens
meinem Nachbarn zeigen.
Er war der Sohn eines Lehrers.
Er hieß Emil.

Emil war ein Muster-Knabe.
Und gerade deshalb mochte ich Emil nicht.
Er hatte auch eine kleine Sammlung
von Schmetterlingen.
Die Sammlung war nichts Besonderes.
Aber sie war gut gepflegt.
Emil konnte sogar zerbrochene Flügel reparieren.
Darum beneidete ich ihn.

Diesem Muster-Knaben zeigte ich
meinen Schiller-Falter.
Er prüfte ihn wie ein Fachmann und sagte:

„Er ist selten und ungefähr 20 Pfennig wert."
Damit kannte er sich aus.

Aber dann meckerte er an meinem Falter herum:
„Der Falter ist schlecht aufgespannt.
Der rechte Fühler ist krumm.
Es fehlen zwei Beine."

Mir waren die Schäden ziemlich egal.
Aber er hatte mir die Freude verdorben.

Zwei Jahre später war meine Leidenschaft
für Schmetterlinge noch genauso groß.
Da gab es eines Tages ein Gerücht:
Emil hat ein Nacht-Pfauenauge gefangen!
Das war eine ungeheuer spannende Nachricht.
Keiner von uns hatte bisher
ein Nacht-Pfauenauge gefangen.
Ich kannte das Tier nur von Bildern
in einem alten Buch.
Nach diesem Nacht-Pfauenauge
sehnte ich mich am allermeisten.

Ein Kamerad hatte mir damals erzählt:
Wenn das Nacht-Pfauenauge bedroht wird,
zeigt es dem Angreifer die großen Augen
auf den Hinter-Flügeln.
Das sieht merkwürdig aus.

Der Angreifer erschrickt
und lässt den Falter in Ruhe.

Hatte Emil dieses wunderbare Tier wirklich?
Zuerst freute ich mich:
Bald werde ich das seltene Tier sehen!
Dann aber wurde ich neidisch:
Ausgerechnet dieser Langweiler
hatte den kostbaren Falter erwischt!
Deshalb hielt ich mich zurück.
Ich besuchte Emil nicht.
Ich bat ihn auch nicht, mir den Falter zu zeigen.

Aber ich musste immer daran denken.
Am nächsten Tag, nach der Schule,
ging ich doch zu Emil hin.

Nach dem Mittagessen lief ich
in den dritten Stock des Nachbar-Hauses.
Dort hatte Emil eine Kammer für sich allein.
Auch um diese Kammer beneidete ich ihn.

Ich klopfte, aber niemand antwortete.
Ich drückte die Klinke, die Tür war offen.
Es war niemand im Zimmer.
Ich nahm sofort die beiden großen Schachteln,
in denen die Schmetterlinge waren.
Aber das Nacht-Pfauenauge war nicht dabei.

Mir fiel ein: Vielleicht ist es auf dem Spann-Brett.
Ja, dort fand ich den Falter.
Er war mit schmalen Papier-Streifen aufgespannt,
damit die Flügel glatt blieben.
Ich beugte mich darüber
und sah mir alles ganz genau an:
die hellbraunen Fühler, die zarten Flügel-Ränder,
die feinen Haare innen an den Flügeln.

Nur die Augen auf den Flügeln sah ich nicht.
Sie waren von den Papier-Streifen verdeckt.
Mein Herz klopfte.
Vorsichtig nahm ich die Streifen hoch.
Da sahen mich die vier großen Augen an.
Sie waren schön und seltsam.
Ich spürte ein starkes Verlangen in mir:
Ich wollte den Falter unbedingt besitzen.

Ich beging den ersten Diebstahl meines Lebens:
Ich zog die Nadel mit dem Schmetterling
aus dem Spann-Brett.
Vorsichtig versteckte ich den Schmetterling
in meiner Hand.
Ich ging die Treppe hinab.
Unten hörte ich jemanden kommen.
Plötzlich war mir klar:
Ich habe gestohlen.
Ich bin ein gemeiner Kerl.

Ich bekam Angst und versteckte die Hand
mit dem Schmetterling in der Jacken-Tasche.
Langsam ging ich weiter.
Ich zitterte und schämte mich.
Das Dienstmädchen kam mir entgegen.
Ich ging mit klopfendem Herzen an ihr vorbei.

Zu Hause wurde mir klar:
Ich kann den Falter nicht behalten.
Ich muss ihn zurückbringen.

Also ging ich schnell zurück.
Ich schlich wieder in Emils Kammer.
Vorsichtig legte ich den Schmetterling auf den Tisch.
Da sah ich das Unglück.
Der Schmetterling war zerstört:
Der rechte Vorder-Flügel fehlte.
Und ein Fühler fehlte.
Ich zog den fehlenden Flügel aus meiner Tasche.
Aber er war zerrissen.
Man konnte ihn nicht reparieren.

Es tat mir sehr weh, dass ich gestohlen hatte.
Aber noch mehr tat mir weh,
dass ich das schöne Tier zerstört hatte.
An meinen Fingern klebte
der zarte braune Staub von den Flügeln.
Wie gern hätte ich das wieder gutgemacht!

Traurig ging ich nach Hause.
Ich saß den ganzen Nachmittag im Garten.
Ich fühlte mich schlecht und gemein.
Erst nach Stunden traute ich mich,
meiner Mutter alles zu erzählen.

Sie erschrak und wurde auch traurig.
Aber sie fühlte:
Das Geständnis war mir schwergefallen.

Sie sagte mit fester Stimme:
„Du musst zu Emil hinübergehen.
Und du musst es ihm selber sagen.
Vorher kann ich dir nicht verzeihen.
Du kannst Emil einen Ersatz anbieten:
einen Schmetterling von dir.
Und bitte ihn um Verzeihung."

Ich dachte: „Ausgerechnet Emil!
Dieser Muster-Knabe!"
Bei jedem anderen Jungen
wäre mir die Entschuldigung leichtgefallen.
Aber nicht bei Emil.
Er würde mich sicher nicht verstehen.
Es war Abend, schon fast Nacht.
Meine Mutter sagte:
„Es muss heute noch sein.
Geh jetzt."

Da ging ich hinüber.
Emil erzählte sofort:
„Jemand hat mein Nacht-Pfauenauge
kaputtgemacht.
Vielleicht ein schlechter Kerl.
Vielleicht ein Vogel oder die Katze."

Wir gingen hinauf.
Emil schloss die Tür auf und zündete eine Kerze an.
Auf dem Spann-Brett lag der beschädigte Falter.
Emil hatte versucht, ihn zu reparieren.
Aber das war unmöglich.

Nun sagte ich: „Ich bin es gewesen."
Und ich versuchte, alles zu erklären.
Da pfiff Emil nur leise durch die Zähne.
Er wurde nicht wütend, er schrie mich nicht an.
Er sah mich eine ganze Weile still an
und sagte dann:
„So so, also so einer bist du."

Ich bot ihm alle meine Spielsachen an.
Er blieb kühl und sah mich voll Verachtung an.
Ich bot ihm meine ganze Sammlung
von Schmetterlingen an.
Er sagte aber:
„Danke schön.
Ich kenne deine Sammlung schon.

Man hat ja heute wieder gesehen,
wie du mit Schmetterlingen umgehst."

Für diesen Satz hätte ich ihn fast erwürgt.
Aber es war nichts zu machen:
Ich war und blieb ein Dieb.
Und Emil stand vor mir wie ein Richter.

Da erkannte ich zum ersten Mal:
Man kann nichts wiedergutmachen,
was einmal verdorben ist.

Meine Mutter fragte mich nicht aus.
Darüber war ich froh.
Sie gab mir einen Kuss und sagte nur:
„Geh zu Bett. Es ist schon spät für dich."

Ich holte noch meine große braune Schachtel
mit den Schmetterlingen.
Stellte sie auf das Bett.
Machte sie im Dunkeln auf.
Dann nahm ich die Schmetterlinge heraus,
einen nach dem anderen.
Mit den Fingern zerdrückte ich sie zu Staub.

Autoren-Abend

Gegen Mittag kam ich
in dem Städtchen Querburg an.
Am Bahnhof empfing mich ein Mann
mit einem grauen Bart.

„Mein Name ist Schievelbein", sagte er,
„ich bin der Vorstand vom Verein."
„Freut mich", sagte ich, „ein literarischer Abend
in dem kleinen Querburg – das ist großartig."

„Wir leisten uns hier alles Mögliche", sagte er stolz.
„Ein Konzert oder eine Veranstaltung an Karneval.
Und womit unterhalten Sie uns heute Abend?"

„Ich lese ein paar kurze Geschichten vor", sagte ich.
„Und ein paar Gedichte."

„Sehr schön. Sehr schön", sagte er.
„Wollen wir einen Wagen nehmen?"
„Wie Sie meinen", sagte ich. „Ich bin hier fremd.
Zeigen Sie mir bitte ein Hotel."

Herr Schievelbein musterte mich jetzt:
meinen Koffer, mein Gesicht, meinen Mantel,
meine Schuhe, meine Hände.
Das war fast etwas peinlich.

Doch dann fragte er höflich:
„Wollen Sie bei mir wohnen?
Wir haben ein Gästezimmer.
So sparen Sie die Kosten für das Hotel."
Ich nahm die Einladung an.
Denn ich fand Herrn Schievelbein
liebenswürdig und gutmütig.

Wir setzten uns in einen offenen Wagen.
Während wir fuhren,
grüßten viele Menschen Herrn Schievelbein.
Er schien sehr bekannt zu sein.

Ich fragte: „Wie viele Plätze hat denn der Saal,
wo ich sprechen soll?"
Er sah mich vorwurfsvoll an und sagte:
„Das weiß ich wirklich nicht, lieber Herr.
Die geschäftlichen Dinge erledigt nämlich
unser Sekretär, Herr Giesebrecht.
Aber jetzt passen Sie auf!
Da kommt das Krieger-Denkmal, dort die neue Post!
Fein, nicht?"

„Hier ist ja alles aus Backstein", sagte ich.
Herr Schievelbein sah mich erstaunt an.
Dann lachte er und schlug mir aufs Knie.
„Aber Mann, haben Sie nie
vom Querburger Backstein gehört?

Der ist berühmt.
Von dem leben wir hier alle."

Da waren wir schon vor seinem Haus.
Einem schönen Haus aus Backsteinen.
Frau Schievelbein öffnete die Tür.
Sie war vergnügt und rund.
Und sie war mir sofort sympathisch,
mehr als ihr Mann.
Wir begrüßten einander.
Sie sagte: „Also Sie sind der Herr Hesse!
Schön, schön! Aber dass Sie eine Brille tragen!"
„Ich bin etwas kurzsichtig, gnädige Frau",
erklärte ich.

Ich verstand nicht,
dass sie meine Brille komisch fand.
Aber sonst fand ich Frau Schievelbein sehr nett.
Ich freute mich auf ein sicher gutes Mittagessen.

Sie führten mich in den Salon.
Die Möbel waren aus Eiche
und ziemlich geschmacklos.
Einer von den Stühlen war
ganz mit Goldfarbe gestrichen.
Erschrocken starrte ich dieses hässliche Ding an.
Frau Schievelbein merkte nicht,
wie furchtbar ich den Stuhl fand.

Stolz sagte sie: „Das war vor Kurzem Mode.
Der Stuhl ist aber nur zur Zierde, nicht zum Sitzen."

Das Dienstmädchen kam und bat uns zum Essen.
Wir gingen in das Speisezimmer,
das mir wie ein Paradies vorkam.
Ein Paradies mit vielen guten Sachen.

Herr und Frau Schievelbein
unterhielten sich nicht beim Essen.
Das freute mich, denn ich mag es nicht,
wenn ich dabei über Literatur reden muss.
Wir aßen gründlich und gut. Sehr gut.
Und auch der Wein war gut.

Einmal wurde ich gefragt:
„Wie finden Sie die Füllung der jungen Gans?"
Ich sagte: „Auf diesem Gebiet
kennen wir Schriftsteller uns nicht aus."

Frau Schievelbein starrte mich aus runden Augen an.
„Ja, sind Sie denn auch Schriftsteller?"
„Natürlich", sagte ich verwundert.
„Das ist ja mein Beruf. Was hatten Sie gedacht?"

„Ich dachte, Sie reisen herum und halten Vorträge",
sagte sie. „Es war mal einer da,
der hat bayerische Volkslieder vorgetragen.

Herr Schievelbein fragte höflich:
„Was schreiben Sie eigentlich?
Sachen fürs Theater?“

„Nein“, sagte ich, „Gedichte, Novellen
und solche Sachen.“
„Ach so“, sagte er erleichtert und seufzte.

„Ist das nicht furchtbar schwer?“, fragte sie.
„Nein, es geht“, sagte ich.
Herr Schievelbein war aber noch nicht zufrieden.
Er fragte zögernd:
„Aber ganze Bücher schreiben Sie doch nicht, oder?“
„Doch“, sagte ich, „ich habe auch schon ganze
Bücher geschrieben.“

Herr Schievelbein dachte nach.
Er aß eine Zeitlang und schwieg.
Dann hob er sein Glas und rief:
„Na dann, prost!“
Das sollte munter klingen.
Es war aber nicht ganz so munter.

Schließlich wurden Herr und Frau Schievelbein
immer stiller.
Herr Schievelbein legte die Hände auf den Bauch
und wollte einschlafen.
Aber seine Frau mahnte:

„Erst wollen wir noch den Kaffee trinken."
Aber auch sie hatte schon ganz kleine Augen.

Der Kaffee wurde nebenan serviert.
Wir saßen in blauen Sesseln.
An den Wänden hingen zahlreiche Familien-Fotos.
Die ganze Einrichtung passte haargenau
zu den Bewohnern.
So etwas hatte ich selten gesehen.

Mitten im Zimmer stand ein riesiger Vogelkäfig.
Darin saß ein großer Papagei.
„Kann er sprechen?", fragte ich.
Frau Schievelbein nickte.
„Nach Tisch ist er immer am muntersten."

Der Papagei hatte die Augenlider halb geschlossen.
Er sah aus wie aus Porzellan.
Was meinte Frau Schievelbein mit munter?
Kein Tier war nämlich verschlafener
als dieser Papagei.

Her Schievelbein war eingeschlafen.
Frau Schievelbein war fast eingeschlafen.
Und tatsächlich:
Der Vogel öffnete den Schnabel
und sprach gähnend:
„O Gott, o Gott, o Gott, o Gott."

Frau Schievelbein wachte davon auf, und ich sagte:
„Ich möchte mich jetzt gerne
in mein Zimmer zurückziehen.
Können Sie mir etwas zu lesen mitgeben?"
Sie gab mir eine Zeitung.
Aber ich sagte:
„Haben Sie nicht irgendein Buch? Egal, welches."

Seufzend stieg sie mit mir die Treppe
zum Gästezimmer hinauf.
Im Flur zeigte sie mir einen kleinen Schrank.
„Bitte, bedienen Sie sich hier."
Ich dachte, es handelt sich um Likör.
Aber es war die Bibliothek des Hauses.
Eine kleine Reihe staubiger Bücher.
Erfreut griff ich zu.
Es waren aber nur Gesangbücher, Kataloge und
ein französisches Wörterbuch.

Nun ruhte ich mich etwas aus.
Als ich mich nach meiner Mittags-Ruhe eben etwas
erfrischte, klopfte das Dienstmädchen.
„Der Sekretär des Vereins wünscht Sie zu sprechen."

Der Sekretär sagte:
„Der Vorverkauf für Ihre Lesung ist sehr schlecht.
Sind Sie mit weniger Honorar zufrieden?"
Ich war enttäuscht.

Aber ich schlug vor:
„Wir könnten die Lesung ganz ausfallen lassen."
„Nein, nein", sagte er, „auf keinen Fall."
Dann ging er wieder.

Ich saß mit meinen Gastgebern beim Tee.
Dazu gab es Gebäck und Rum.
Davon besserte sich meine schlechte Stimmung.

Am Abend gingen Herr und Frau Schievelbein
und ich in den „Goldenen Anker".
Sehr viele Menschen strömten hinein.
Das wunderte mich.
Hatte der Sekretär nicht gesagt,
dass kaum Karten verkauft waren?
Die Menschen verschwanden
in einem Saal im Erdgeschoss.
Aber wir mussten in den zweiten Stock hinauf.
Dort oben ging es viel stiller zu.

„Was ist denn da unten los?",
fragte ich den Sekretär.
„Die Biermusik", sagte er, „das ist jeden Samstag."
Frau Schievelbein ergriff ganz begeistert
meine Hand und sagte:
„Ach, ich freue mich so furchtbar auf diesen Abend.
Es gibt doch nichts Schöneres,
als wieder einmal richtig zu lachen."

Dann eilte sie davon,
froh wie ein Kind am Geburtstag.
Das kann ja heiter werden, dachte ich.

Ich lief zum Sekretär.
„Was erwarten die Leute eigentlich?
Ich glaube: etwas anderes als einen Autoren-Abend."
„Ja", stotterte er kleinlaut,
„die Leute erwarten lustige Sachen.
Vielleicht auch Gesang.
Aber: so wenige Besucher!"

Ich jagte ihn hinaus.
Dann wartete ich niedergeschlagen und allein
in einer kalten Stube.
Schließlich holte mich der Sekretär ab
und führte mich in den Saal.

Dort standen Stühle in zwanzig Reihen.
Nur vier Reihen waren besetzt.
Es war schrecklich.
Aber es half nichts:
Denn die Leute warteten.
Ganz vorne Herr und Frau Schievelbein.
Ich musste beginnen.

Ich las ein Gedicht vor.
Als ich im zweiten Vers war,

brach unten die Biermusik los.
Mit Pauken und Trompeten.
Ich war so wütend,
dass ich mein Wasserglas umwarf.
Darüber lachten alle.

Ich las drei weitere Gedichte.
Danach schaute ich in den Saal.
Ich sah enttäuschte und zornige Gesichter.
Einige Zuhörer grinsten.
Oder sie schauten verwundert.
Ein paar Leute verließen die Veranstaltung.
Ich wollte am liebsten mitgehen.

Ich sagte:
„Hier gibt es ein Missverständnis.
Ich bin kein Komiker.
Sondern ich bin ein Schriftsteller und ein Dichter.
Ich schlage Ihnen vor:
Weil Sie nun einmal hier sind,
lese ich noch eine Novelle vor."
Wieder gingen ein paar Leute.

Die übrigen Zuhörer setzten sich weiter nach vorne.
Es waren insgesamt etwa zwei Dutzend Leute.
Ich las weiter, weil ich ja dafür bezahlt wurde.
Aber ich kürzte die Novelle ab.
Nach einer halben Stunde war ich fertig.

Frau Schievelbein begann zu klatschen.
Aber sie war die einzige.
Da wurde sie rot und hörte wieder auf.
Das war das Ende vom ersten Autoren-Abend
in Querburg.

Ich beschwerte mich mit ernsten Worten
beim Sekretär.
Der Mann hatte Tränen in den Augen.
Dann warf ich noch einen Blick in den leeren Saal.
Zusammen mit Schievelbeins ging ich nach Hause.
Sie waren so still und feierlich
wie nach einem Begräbnis.
Das fand ich blöd.
Deshalb musste ich laut herauslachen.
Nach einer Weile lachte Frau Schievelbein mit.

In der Wohnung gab es
ein ausgezeichnetes Abend-Essen.
Bald waren wir in der besten Stimmung.
Frau Schievelbein sagte sogar:
„Ihre Gedichte sind herzig.
Schreiben Sie mir eines ab?"

Aber das tat ich dann doch nicht.
Vor dem Schlafen-Gehen schlich ich
ins Nebenzimmer und machte Licht.
Ich wollte den Papagei noch einmal hören.

Seine Stimme fand ich sympathisch.
Sie passte zu diesem Haus
und zu diesen lieben Leuten.

Der Vogel erschrak, als das Licht anging.
Er starrte mich mit verschlafenen Augen an.
Dann breitete er einen Flügel aus,
unendlich langsam, und gähnte:
„O Gott, o Gott, o Gott, o Gott."

Hermann Hesse

Hermann Hesse wird am 2. Juli 1877 im schwäbischen Städtchen Calw geboren.
Seine Eltern waren evangelische Missionare, die in Indien für die Mission gearbeitet hatten.
Er wächst in einem tief gläubigen und auch strengen Elternhaus auf.
Aber die Eltern von Hermann Hesse sind auch sehr gebildet und weltoffen.

Hermann Hesse besucht die Latein-Schule in Calw. Danach kommt er auf das evangelische Seminar im Kloster Maulbronn.
Dort soll er zum Pfarrer ausgebildet werden.
Das Studium dort bricht er aber nach wenigen Monaten ab.
Er sagt, er will ein Dichter werden oder gar nichts.

Hermann Hesse durchläuft eine Mechaniker-Lehre in Calw.
Doch auch das ist nicht die Arbeit, die ihm gefällt.
Also erlernt Hesse den Beruf des Buchhändlers in Tübingen.

Schon während dieser Zeit veröffentlicht Hermann Hesse seine ersten Geschichten und Erzählungen.

1912 verlässt Hesse mit seiner Familie
das zunehmend vom Militär geprägte
deutsche Kaiser-Reich.

Er zieht in die Schweiz.
Dort schreibt Hesse Texte, die sich gegen den
Gehorsam gegenüber der Obrigkeit richten.
Und er wendet sich gegen den Nationalismus
und Militarismus.

Während der Diktatur des Nationalsozialismus
von 1933 bis 1945 in Deutschland ist Hesse eine
wichtige Hilfe für viele deutsche Schriftsteller,
die Deutschland verlassen müssen.

1946 wird Hermann Hesse mit dem Nobelpreis
für Literatur ausgezeichnet.

Hermann Hesse stirbt am 9. August 1962 in
Montagnola in der Schweiz.

Hesse schrieb Gedichte und Märchen,
Erzählungen und Romane. Seine Bücher wurden
in mehr als 60 Sprachen übersetzt und sind auf der
ganzen Welt verbreitet.

Zu seinen bekanntesten Werken gehören *Peter
Camenzind* und *Unterm Rad* aus den Anfangsjahren.

Nach dem Ersten Weltkrieg veröffentlichte Hermann Hesse die bekannten Werke *Demian, Siddhartha, Der Steppenwolf, Narziß und Goldmund* und *Die Morgenlandfahrt.*

Als sein wichtigstes Werk aus den späten Jahren gilt der 1946 veröffentlichte Roman *Das Glasperlenspiel.*

Hermann Hesse schrieb über Kindheit und Jugend, über das Leben auf dem Land und in der Stadt und über die Schicksale von Außenseitern.
Er schrieb aber auch Liebesgeschichten und Geschichten über die Natur und über Magie.

Hermann Hesse verarbeitete auch seine eigenen Lebens-Krisen immer wieder in seinen Büchern.
Er fühlte sich schon seit seiner Kindheit und Jugend als Außenseiter. Seine kritische Einstellung zum Nationalismus und zum Gehorsam verstärkten dieses Gefühl.
Auch Probleme innerhalb der Familie stürzten Hesse mehrfach in tiefe Krisen.

Erst nach seinem Tod wurde Hesse zu einem Vorbild für eine ganze Generation.
Seit 1964 lehnten sich die jungen Menschen in vielen Ländern gegen den Krieg zwischen den USA und Vietnam auf.

Sie fühlten sich durch die Bücher von Hermann Hesse bestätigt.

Sein Aufruf zu einem selbstbestimmten Leben und seine Ablehnung von Nationalismus sprach die jungen Menschen mehrerer Generationen an. Aber auch die mystischen Erzählungen von Hermann Hesse beeinflussten die jungen Menschen immer wieder.

Wörter-Liste

Seite 10: Brosi
Kurzform für Ambrosius

Seite 10: den Tod im Gesicht haben
Ausdruck dafür, dass man jemandem ansieht, dass er todkrank ist.

Seite 12: Falke
Raubvogel, der manchmal gezähmt und zur Jagd abgerichtet wird

Seite 13: Knecht
Gehilfe auf einem Bauernhof

Seite 14: große Flut
Anspielung auf die Geschichte von der Sintflut in der Bibel. Bei der Sintflut überschwemmt Gott die ganze Erde.

Seite 14: Floß
eine Art flaches, ganz einfaches Boot aus Balken oder Baumstämmen

Seite 15: rächen
jemandem, der einem etwas angetan hat, auch etwas Böses antun

Seite 20: Stube
Zimmer, oft das Wohn-Zimmer

Seite 22: unartig
nicht gehorsam, nicht brav

Seite 22: Knolle
dicke Wurzel, aus der eine neue Pflanze wächst

Seite 29: Rudel
feste Gruppe aus mehreren Tieren

Seite 29: Vieh
Nutztiere auf einem Bauernhof

Seite 30: Fohlen
junges Pferd

Seite 34: Abenteuer
hier: Liebes-Abenteuer, erste Erfahrungen
mit einer Frau

Seite 34: Lehrling
Auszubildender

Seite 34: Volontär
Praktikant, arbeitet im Rahmen einer Ausbildung
für eine gewisse Zeit in einer Firma oder Fabrik

Seite 34: Villa
vornehmes Wohnhaus

Seite 35: Sozialdemokrat
Anhänger einer politischen Bewegung oder der sozialdemokratischen Partei. Sozialdemokratie vertritt die Idee: Alle haben die gleichen Rechte.

Seite 35: Zwicker
Brille ohne Bügel, wird auf die Nase geklemmt

Seite 35: hochnäsig
eingebildet, herablassend gegenüber anderen

Seite 37: Salon
Empfangszimmer, Aufenthaltsraum

Seite 38: Spielkasten
Sammlung von Brettspielen und Würfelspielen

Seite 41: Ingenieur
Techniker mit hoher Ausbildung

Seite 41: Prärie
weites, wildes Grasland, nicht bewirtschaftet

Seite 42: einweihen
eröffnen, in Betrieb nehmen

Seite 45: Revolution
Eine Revolution soll schnell gesellschaftliche Veränderungen herbeiführen. Zum Beispiel Verbesserungen für arme Menschen. Oder gleiche Rechte für alle Menschen. Oft wird eine Revolution mit Waffengewalt durchgeführt. Meistens soll die alte Regierung abgesetzt werden.

Seite 46: Gelehrte
gebildete Menschen, Wissenschaftler

Seite 46: Statue
ein Standbild, eine Figur oder ein Denkmal aus Metall oder Stein

Seite 48: Gesindel
Menschen ohne Bildung und Benehmen, oft Verbrecher

Seite 49: Zyklon
Wirbelsturm

Seite 49: Köder
Lockmittel. Beim Angeln zum Beispiel Regenwürmer am Angelhaken.

Seite 51: Ginster
kleiner, struppiger Strauch mit gelben Blüten

Seite 53: Robinson
Anspielung auf den Romanhelden Robinson Crusoe, der viele Jahre allein auf einer Insel lebt

Seite 55: Spinnerei
Fabrik, wo Garn hergestellt (gesponnen) wird

Seite 56: Romantik
gefühlsbetonte, schwärmerische Haltung

Seite 58: Maifest
Feier zum 1. Mai. Oft wird ein geschmückter Maibaum aufgestellt und es wird getanzt.

Seite 59: Veranda
überdachter, an den Seiten offener Anbau

Seite 60: Sonnen-Stich
Unwohlsein oder Krankheit durch zu viel Sonne

Seite 70: etwas ausgefressen haben
etwas angestellt haben

Seite 70: Zehner
Geldmünze, zehn Pfennig

Seite 73: Eindringling
jemand, der ohne Erlaubnis irgendwo ist

Seite 74: Lakritz
eine besondere Süßigkeit

Seite 74: Feigen
exotische Früchte, früher sehr teuer

Seite 77: Versager
jemand, der nichts zustande bekommt, dem nichts gelingt

Seite 78: hinrichten
Die Todes-Strafe vollstrecken. Für schwere Verbrechen wurde man früher zum Tod verurteilt.

Seite 83: Gassen-Junge
Kind aus ärmeren Verhältnissen.

Seite 86: Besserungs-Anstalt
Heim für schwer erziehbare Kinder und Jugendliche. Dort herrschten sehr strenge Regeln. Oft wurden Verstöße gegen die Regeln streng bestraft.

Seite 89: Konditor
Fein-Bäcker, stellt vor allem Kuchen und Torten her

Seite 94: Latein-Schule
Eine frühere Schul-Form. Eine Schule mit einem breiteren Fächer-Angebot als die Volks-Schule.

Die Latein-Schule bereitete auf den Besuch eines Gymnasiums vor. Sie entspach ungefähr der heutigen Mittelstufe vom Gymnasium.

Seite 94: Thron
besonderer Stuhl für Herrscher

Seite 95: Humanisten
Hier die Schüler-Gruppe innerhalb der Klasse, die in den humanistischen Fächern unterrichtet wird. Dazu zählen Latein und Griechisch.

Seite 96: Land-Examen
Aufnahme-Prüfung für ein evangelisches Seminar wie zum Beispiel das Seminar in Maulbronn, das Hermann Hesse für einige Monate besuchte

Seite 96: hochmütig
eingebildet, angeberisch

Seite 97: ein dickes Fell haben
nichts an sich herankommen lassen, unempfindlich sein, nichts wirklich schwer nehmen

Seite 98: Dialekt
Bestimmte Art zu sprechen in einem bestimmten Gebiet. Schwäbisch ist zum Beispiel ein Dialekt der deutschen Sprache.

Seite 105: Nacht-Pfauenauge
eine Schmetterlings-Art

Seite 108: Schiller-Falter
eine Schmetterlings-Art

Seite 108: Muster-Knabe
besonders braver Junge

Seite 109: Pfennig
alte deutsche Geld-Währung

Seite 116: Autoren-Abend
Ein Schriftsteller liest aus seinen Büchern vor.

Seite 120: Novelle
kürzere Erzählung

Seite 122: Likör
süßes, aber starkes alkoholisches Getränk

Seite 122: Bibliothek
Bücher-Sammlung. In manchen Häusern auch das Zimmer, in dem sich die Bücher-Sammlung befindet.

Seite 122: Honorar
Lohn oder Bezahlung für eine einmalige Aufgabe

Seite 129: Mission
hier: Gesellschaft innerhalb der Kirche.
Eine Mission soll den christlichen Glauben in anderen Ländern verbreiten und stärken.

Seite 129: Seminar
Die evangelischen Seminare sind besondere Schulen mit Wohnheim, in denen die Schüler zum Priester ausgebildet werden.

Seite 130: Kaiser-Reich
Bis zum Ende vom Ersten Weltkrieg 1918 war Deutschland ein Kaiser-Reich.

Seite 130: Obrigkeit
Obrigkeit bezeichnet die Regierung. Und dazu alle Ämter und Behörden, die die Gesetze und Regeln der Regierung ausführen. Gehorsam gegenüber der Obrigkeit meint das Einhalten von Regeln und Vorschriften. Dabei wird nicht nachgefragt, ob die Regeln gut oder richtig sind.

Seite 130: Nationalismus
Eine Nation ist ein Land oder ein Staat.
Nationalismus fördert das Gefühl von Gemeinschaft in der Nation. Nationalismus fördert aber auch den Stolz auf die Nation und grenzt andere aus oder setzt sie herab.

Seite 130: Militarismus
Militarismus bezeichnet das Vorherrschen von militärischen Ideen und Regeln in einer Gesellschaft. Das Militär wird als sehr wichtig angesehen. Das Militär kann auch in der Politik Einfluss nehmen.

Seite 130: National-Sozialismus
Die Diktatur von Adolf Hitler und seiner national-sozialistischen Partei in Deutschland von 1933 bis zum Ende vom Zweiten Weltkrieg 1945. Während dieser Zeit durften viele Schriftsteller keine Bücher veröffentlichen, weil sie nicht für den National-Sozialismus waren. Viele Schriftsteller sind während dieser Zeit ins Ausland gegangen.

Seite 130: Nobelpreis
Ein von dem Industriellen Alfred Nobel gestifteter Preis für herausragende Leistungen. Es gibt mehrere Nobelpreise für verschiedene Wissensgebiete. Unter anderem den Nobelpreis für Literatur. Die Nobelpreise werden jedes Jahr vergeben.

Seite 131: Außen-Seiter
Jemand, der nicht an die Gesellschaft angepasst ist. Oder jemand, der sich nicht zu einer Gruppe zugehörig fühlt.

Seite 131: Magie
Zauberei, Zauber-Kraft, etwas Geheimnisvolles

Seite 131: Lebens-Krise
Wer unter seiner persönlichen Lebens-Situation so sehr leidet, dass er keine eigene Lösung findet, steckt in einer Krise.

Seite 132: mystisch
geheimnisvoll, zauberhaft